SoS Band 1
Die wahren Abenteuer des Svenney O`Shea

Der Lektor
Lektionen
2 Neuauflage

AF124858

Manus im Anus

Es gibt Manuskripte handgeschriebene
Blätter.

Aber zum Glück keine Anusskripte, ...oder
könnte man benutztes Toilettenpapier so
nennen??

(Sven M. Bork 25.6.2019)

Ersterscheinung 21.6.2020 zum 13
Hochzeitstag
Vipy Bork Cartoons Illustrationen
Sven Bork, der Erzähler

Dank an alle die uns kennen und können.

Svenney O Shea, die wahren Abenteuer.

Der „Held"
Svenney O´Shea

Impressum

E-Mails für Feedbacks, über die meine Frau und ich mich freuen.

Erzähler Svenneyoshea@aol.com
Grafiken Vipybork@aol.com
          Querart@aol.com   und auf Facebook
                    SvenneyOShea

Bibliografische   Information   der   Deutschen
Nationalbibliothek:
Die Deutsche Nationalbibliothek verzeichnet diese
Publikation in der Deutschen Nationalbibliografie;
detaillierte bibliografische Daten sind im Internet über
http://dnb.dnb.de abrufbar.

TWENTYSIX
Eine Marke der Books on Demand GmbH

© 2023 Sven Bork Texte Vipy Bork Cartoons
          Querart geschützte Wortmarke
Herstellung:
BoD – Books on Demand, Norderstedt

ISBN: 9-783740-711030
Illustration: Vipy Bork Tong Cartoon
Übersetzung: 1:10 oder 1:15
Erzähler: Sven Bork

9 783740 711030

Inhaltsverzeichnis

Epilog und dann fertig. ....

Die wahren Abenteuer des Sveeney O´Shea.

Vorwort

Zunächst danke ich mir selbst, weil meinereiner sich aufgerafft hat, das, was ich schon immer gar nicht verraten wollte, nun doch erzählt habe.

Erzählen, ich bin nur ein Sprecher der Geschichten und meistens, beim Korrekturlesen ebenso erstaunt, was ich da in den Computer getippt habe, wie die Leser.
Diese Reihe Svenney O'Shea, dieses Buch der Lektor, entstanden zufällig.

Nachdem ich Band 2 und 3 fertig hatte, fehlten mir die einleitenden beiden Passagen. Ich denke, das ein Buch, mit dem ersten Kapitel anfangen sollte, was mir andere Bücher, die in Kapiteln unterteilt sind ausnahmslos bestätigen.
Es beginnt damit, dass es das Schicksal so bestellte, das vor wenigen Wochen, ich zum ersten Mal eine Runde betrat, die so um einen Tisch herum zu sitzen, beschlossen hatte.
Im Grunde wurde es für mich angeordnet, da eine Agentur mit dem A im Logo, sich entschied meine Person in eine Maßnahme zu stecken. Dort sollte mein Leben ein besseres werden.

Dieser Gesellschaft waren zugegen, Freunde der Literatur und des Schreibens, dessen einige nicht mal mächtig waren, es waren Zwangsverbrachte aus verschiedenen Jobcentern, die in einer sinnfreien Maßnahme geparkt wurden, die darauf angelegt war, die Chancen auf dem Arbeitsmarkt zu verbessern.

Es ward ein Flipchart gezeigt, der einen Globus zeigte, denn ich so nie zuvor sah, denn er war nicht rund, sondern Plan und die Kontinente, die kannte ich bis dahin, gar nicht.

Ich neigte, meine Neugier zu diesem Chart, stellte zur eigenen Erleichterung fest, das die Erde noch immer, eine Scheibe ist, was das aufgezeigte Kartenmaterial, ja eindeutig belegt. Ich konnte nur die Kontinente nicht mit dem in der Ausbildungsstätte für Segellehrer beigebrachte Geographie in Einklang bringen. Ich ärgerte mich sofort, dass ich meinen eigenen Segelschülern irrtümlich die ganze Zeit das falsche vermittelt habe, ich ging von einer Kugelform oder Geoid aus.

Als Ausbilder der auf Yachten, jungen wie älteren Menschen, das Segeln beibringt, ist die Form einer Welt von Interesse. Auf der Scheibe segelt man im Kreis, muss nur wissen auf welchem, um ein Ziel, die Erdumrundung zu schaffen. Dabei aufpassen, das der Rand einem nicht zu nahe kommt oder man ihm.

Nebenbei umfasst der Unterricht auch Seerecht, Wetterkunde und was sonst dazu gehört, ein Boot sicher durch die Meere zu führen.

Der Zweck meiner Bemühungen ist, am Tag X der umgangssprachlich, als Prüfungstag gilt, dem Schüler das Wissen vermittelt zu haben, das er braucht.

Damit sollte er in der Lage sein, das im multiple Joyce Verfahren zusammengestellte Fragen Dokument zu beantworten.

Wenn dieser Test positiv verläuft und die Praxis
ebenso erhält der Prüfling das begehrte Papier.
Die Berechtigung zum Führen eines Sportbootes,
entweder Binnen andernfalls auf See. Als
Segelboot oder unter Motor über 15 PS berechtigt.
Da diese Aufgabe nur in der Sommersaison nährt,
kam man in der Agentur dahin mich nach
Güstrow zu verpflichten.

Der Kreis um den Tisch, in dem Zimmer, da sich
ein Ventilator befand und bemühte, die Luft zu
quirlen. War nur zufällig als Rund aufgebaut in
einem Raum, der zu was immer genutzt wurde.
Dort gingen alle davon aus, dass dieser Saal nur
und exklusiv für Sie reserviert war, und benahmen
sich entsprechend besitzergreifend.

Ich selbst habe bei der letzten Stuhlkreisbildung
mit diesen, beim ersten Treffen vorhandenen
Personen erkannt, dieser Buchgruppe würden
beengende Zeiten bevorstehen.
Beim ersten für und wieder der oben abgebildeten
Zeichnung, die mein Weltbild für immer
verändern wird, erfuhr ich von der unglaublichen
Person des Mac Evoy, so stand es auf dem
Flipchart.
Mir gefiel aber später dieser Name nicht mehr,
nachdem ich Teilbereich zwei, der mir zugeteilt
wurde, abgeschlossen hatte und dann ein Kapitel 1
benötigte. Den welches Buch fängt denn im
zweiten Teilstück einer Geschichte an?

Dieser Svenney, so die Idee und das beschlossene
Projekt, würde um viele Kapitel oder Punkten wie

es genant wurde, einen Schatz zu suchen haben, trickreich hat der Held Schlüssel aufzuspüren, die passenden Schlösser zu finden.

Es werden Geschehnisse passieren, die meisten der Ereignisse aber nicht sofort, sondern am besten nacheinander, damit sich die Geschichte des Helden O´Shea ein wenig in einer Handlung erschließt.

Jeder Teilnehmer dieser Gruppe, hatte einen Teilbereich zu bearbeiten, am Ende stünde dann ein fertiges Buch.

Irgendwas musste in dieser Maßnahme ja passieren, was bedeutete, dass ich Kapitel 2 bekam.

Es müssen die Personen beschrieben werden, die in diesem Teil der Geschichte vorkommen.

Orte mussten gefunden werden und eine für die Kurzweil der Leserschaft sorgende Handlung.

So beschloss ich am Vormittag, diesen Stuhlkreis zu verlassen in der festen Absicht, auf der AIDA anzuheuern, um das Ganze zu vergessen.

Zuhause angekommen, habe ich die neue Idee von mir gewiesen, dann da war ja alles, was ich brauchte.

Statt AIDA, fing ich an, mir Gedanken über O´Shea zu machen, Bernadette, wie Sie ab und an liebevoll genannt wurde. Die Geliebte und Sponsorin des Abenteuer, Schatz suchen, sowie einiger anderer Figuren. Die meist, zweifelhafter Erscheinung sind, von denen ich froh bin, diese nur als Erzähler zu kennen, was mich trotzdem beunruhigt. Sollte ich bei Gelegenheit, mal einen Arzt aufsuchen, der einen auf eine Couch legt und dann Notizen macht, während man aus seinem Leben berichtet. Das immer nur den einen Satz wiedergibt „ ich darf nicht einschlafen", zumindest sind es die 4 Worte, die man auf dem Notizblock des Seelenklempners findet.

Während ich über einen Plott nach sinnierte, diesen aber nicht bewerkstelligt bekam, bemerkte ich das 20 Seiten, der Geschichte bereits erzählt wurden.
Wenn nicht von mir, von wem dann, ich war ebenso überrascht und verwundert, wie meine Frau und der Lektor.
Einmal die Woche wurde ich dieser Gruppe „Buch" zugeteilt. Bei der nächsten Sitzung hatte mein Kapitel 2 bereits 200 Seiten.
Das war für das Projekt gut, denn die anderen hatten ein bis 2 Heftseite fertig, die meisten gar nichts. Mangels Interesse mehr beizutragen, als die Zeit abzusitzen, ohne Sanktionen dieser Agentur.

Der literarische Kreis, dieser Maßnahme erfreute sich, denn der Kursleiter selbst, las mit seiner gut performten Stimme, mein geistiges Eigentum vor.
An den Reaktionen konnte ich erkennen, dass es gut ward.
Nach weiteren 4-5 Wochen, zum Ende meiner unfreiwilligen Eingliederung, in diesen wohlfeilen Zirkel, hatte ich über 700 Seiten fertig.
Freundlich bot man mir weitere 6 Monate, die ich nutzen könnte, um mich dem betreuten Schreiben hinzugeben.

Der Maßnahmenträger, bot sich selbst die Möglichkeit, weitere 6 Monde, in dem monatlichen Salär zu schwimmen, welches die ominöse Agentur, für mein Kommen überwiesen hat.

Ebenso freundlich, lehnte ich das Angebot ab.

Etwas unfreundlicher, teilte man mir mit, das alle Leistungen, welche in dieser Maßnahme erbracht wurden, Eigentum dieses Maßnahmenträgers sind.

Gewaltige 700 Seiten Sprachperle, vor die Säue, nicht mit mir.

Zumal der exquisite Zirkel ständig anmerkte, mein Stil ist zu sarkastisch, satirisch und man dachte eher an etwas Reiferes.

Da kam ich mit mir überein, den unsichtbaren Mittelfinger zu zücken und aus dem Helden Evoy Soundso, wurde Svenney O´Shea.

Die wahren Abenteuer des jungen Iren, Irren würde den Kerl eher umschreiben.

Per Wortsuchfunktion wurde eben aus Evoy Dings, Svenney O´Shea.

Dessen wahren Abenteuer ich, euch anvertraue.

So werde ich die Geschichten aufschreiben, in erzählender Art. was aus dem anderen Buch wird und ob, ist mir egal. Auf die Abenteuer eines sagen wir, einfältigen Helden, bin ich ebenso gespannt und so lasse ich mich darauf ein.

Beraten und beschlossen, an irgendeinem Tag, es kann nachts gewesen sein, im Mai 2019.

Im Mai 2023 erscheint diese Neuauflage, DER LEKTOR, ... lektoriert.

HINWEIS

Zu Risiken und Nebenwirkungen, befragen
Sie den Verlag oder Ihren Buchhändler.

Ich bin kein Autor, dieses Buch ist mir nicht
eingefallen oder zugefallen, einige Male
hingefallen, oft auch missfallen und ja, ich
gestehe mit dem Lektor zusammen, beim
Besprechen, fingen wir oft an zu lallen, sein
Whiskey war exzellent.
Dieses Buch und das garantiere ich, hat
keinerlei Ähnlichkeiten, mit lebenden
Personen.
So weit ich das zu beurteilen vermag, sollten
Parallelen bestehen, sind diese vorhanden,
aber nicht beabsichtigt.
Ich bitte Sie, vor dem Lesen des ersten
Kapitels einmal folgende Begriffe zu googeln.

1. Satire
2. im höchsten Maas (Zusammenhang
   mit Punkt 1)
3. Spaß, Klamauk, Humor, Fake, nix
   echt
   Konkret krasser Scheiß oder
4. PARODIE, denn nichts anderes lest ihr

   Folgend, ich wünsche gute
   Unterhaltung.

1. Das Wirtshaus von Antrim

Regen an sich ist nützlich für die Felder, das durstige Vieh. Nur für einen selbst, der seinen Durst lieber aus einem Humpen stillt, als den Kopf im Nacken liegend das unaufhörlich fallende Nass aufzunehmen, wird Regen schnell zu einer seelischen Verstimmung führen.

Dieser Fisselregen, der mürrisch fiel, was ihn aber nicht trockener gestaltete, hatte dieses milde depressivum, dass den meisten Niederschlägen inne war.

Vor allem wenn sie sich zu einem bedauerlichen niesel, zurückzogen.

Aber Irland, durch das zu dieser späten Stunde, ein verlorener Wanderer stapfte. Über ertrinkende Wege, an ertrunkenen Feldern vorbei. Beklagenswert und allein, Irland war als vieles bekannt, aber nicht für karibische Tage oder Nächte, in der sich durchnässte, schniefende, leise weinende, einen Stiefel vor den anderen setzte, weil es sich so am besten lief.

Er hat auf seinem Weg so manche Kombination probiert, seitlich einen Fuß dem anderen zuführen, was eine Weile Spaß gab, dann schnell wahnsinnig in den Oberschenkeln zog. Er lief mal rückwärts und freute sich, zu sehen, woher er kam. Bald schon nach der dritten Kollision mit irgendetwas das im Weg stand, stellte er fest, dass er hinten keine Augen hatte, was für diese Art des sich Fortbewegens von Vorteil wäre.

Die ersten Tage schlappte er recht lustlos. Am dritten Tag hatte er weniger Lust zu laufen, bevor es ihm heute Morgen so gar nicht mehr gefiel.

Aber es musste weiter gehen. So lief er an traurigen Weiden vorbei, wurde von Kühen die bis zum Bauch, im Schlamm standen, angeglotzt. Er glotze zurück, ab und an traf er jemand, denn er nicht kannte, aber das vermochte seine Stimmung nicht auf zu bessern, den die anderen, hatten ebenfalls miese Laune und waren von wenig erhellenden Gedanken beseelt. Was man ihnen deutlich ansah.

Der Käse, das Laib Brot und anfangs, vor allem der Wein, waren seine schönsten Momente. Aber mit dem aus Trauben gekelterten, den er am ersten Abend bereits trank, er hatte nur 5 Flaschen mitbekommen, schwand das bisschen Freude.

Der Regen hatte mittlerweile keine rechte Lust mehr. Irgendwie hat ihn das unmotivierte Gesicht, des Mannes ebenso entmutigt, so begnügte er sich damit als

Niesel weiter zufallen. Was für den Wanderer zermürbender war, den Nieselregen ist neben Nebel, der deprimierendste Niederschlag, der sich durch die kleinsten Ritzen durch das Gewand an die Haut treibt und dort nur störend auf die Befindlichkeit des betroffnen wirkt.

Trübsinnig, den einen Stiefel vor den anderen setzend, überlegte der Mann sich, wie es denn sei, ein Wolf zu sein. Ein Pferd, dann wäre er schneller und ausdauernder. Nur der Regen würde bleiben und als Lupus oder gar Rappe, wie er so den Huf um den Korken der Weinflasche legen könne, um diese zu öffnen? Er verwarf den Gedanken und vermisste den Wein.

Der gute rote Blutwein, denn sein Vater der dreizehnte, der O´Shea, auf seinem Landsitz nahe Dublin selbst anbaute. Diesen erntete, um ihn dann zu keltern, und als einen der teuersten und besten Weine Irlands ausbaute. Wie gerne würde er jetzt der Realität, die aus diesem endlosen Latschen bei einem Sauwetter bestand verlassen. Dafür Zuflucht bei einer dieser oder anderen Flaschen aus dem Weinkeller des Vaters suchen und dieser grauen, jetzt schwarzen Realität mit einem gepflegten Rausch zu entfliehen.

Wenn man so annimmt, es kann nicht mehr erbärmlicher kommen, dann kommt es abscheulich und ja es kam sogar bösartig. Der

Sohn des O´Shea, was ihn selber zu einem
O´Shea machte, dazu zu einem Svenney,
hörte von hinten Hufe trappeln.
Pferdegeschirr klirrte und dieser Lärm kam
immer näher, in einer aufdringlichen Art, die
alles vor ihm anzuschreien schien,
„Hoppla hier komm ich, aus dem Weg".
Er drehte sich um, in der Erwartung das ein
edler Mensch, ihn mit hinnehmen würde, am
allerbesten in eine Richtung, in die er zu
gehen vorhatte. Weniger würde er sich
freuen, wenn es in die Himmelsrichtung
weiterginge, aus der er die letzten Tage bis
hierher gelaufen ist. Im Grunde war es ihm
egal und das Trappeln und schlingern und
klirren, kam ohnehin aus der gleichen
Richtung wie er und so fasste seine Hoffnung
neuen Mut.
Ein 8 Spanner, marachte mit Tempo auf den
jungen Mann zu, der uns als Svenney o`Shea
in den folgenden Wochen und Monaten,
durch die Erzählung hindurch als der
Hauptdarsteller dieser Geschichte begleiten
wird.
Er wird schon bremsen, der Kutscher, wenn er
meinen einen sieht, und halten mich
anfragen, wohin ich des Weges unterwegs sei
und so überlegte Svenney sich schon die
Antwort auf die Frage, die ihm gar nicht
gestellt wurde.

Die Kutsche kam rasend schnell näher und bremsen, wäre bei dem Tempo zu gefährlich, ja unmöglich gewesen.

Überhaupt ein Wunder, das dieses Fuhrwerk in dem Morast vorankam. 8 mal 4 Huf Drive, das zieht was weg, überlegte SoS, als das Gespann schon auf seiner Höhe fuhr. Dabei er einen Blick, in das Innerste werfen konnte. Nur kurz, weil er brutal von dem rücksichtslosen Kutscher beiseite gerammt wurde und im Fallen begriffen war.

Er sah nur kurz ein schönes ebenmäßiges Gesicht, arrogant und hochnäsig mit elysischen Augen, die abwesend durch den O´Shea hindurch blickten.

Ja und da war es, es kam schlimmer. Svenney wurde nicht nur zur Seite gedrängt und fiel, der Weg hatte die Frechheit an seiner linken Flanke zu einer Senke abzufallen, die war einige 100 Meter tief. Was seinen momentanen Standpunkt von oben fallend, durch ein rutschen auf dem Hosenboden nur unterbrochen von mehrfachen Überschlägen, zu einem neuen Standort „Unten" verbrachte, von wo aus er nach oben zu schauen vermochte, wären seine Augen nicht komplett

Vipi Bovk.

mit Matsch und Kleintier sowie Rehkleinkot
bedeckt und verklebt.

Aber Svenney hatte gar nicht vor den Blick zu
erheben. Denn er befand sich eben da oben
und hatte gar nicht die Absicht, da zu sein,
wo er jetzt war. Warum sollte er dort
hinsehen, schau niemals zurück, schärfte sein
Vater ihm immer ein.

Der Regen wurde stärker, der Matsch und
Dreck begann sich in seinem Gesicht auf zu
lösen und auf die Schultern zu rutschen und
von dort den Mantel hinab auf den Boden.

So stand er da, Nass bis auf die Knochen.
Dafür immer sauberer, denn auch
miesepetriger Regen, der nicht kraftvoll und
Nass, voller Elan und sich seiner selbst
bewusst, auf Personen herabfällt, hat die Gabe
des feuchten, des Reinigenden. So wussten es
die Putzmägde zu berichten, wenn die am
Brunnen oder im Fluss ihr Arbeitsmaterial,
frisches Wasser schöpften.

Svenney dachte und überlegte wie praktisch
doch zuhause ein kleiner Raum wäre, mit
lauter Löchern in der Decke. Über diesem
Gelass, eine andere Kammer ohne Boden.
Diese wiederum mit Wasser gefüllt wäre, das
durch die Löcher der Decke des Raumes unter
ihm, entweichen und der Schwerkraft folgend
nach abwärts fließen würde.

Er hatte wie die ganze Familie, zwar einen
Raum, indem ein Holzmonstrum stand, das

Mutter den Waschzuber nannte. Die mit
Wasser aus der Pumpe vor dem Haus gefüllt
wurde und mit dem Nass, das aus
dampfenden Kesseln, die im gleichen Raum
auf einem Herd standen und erhitzt wurden,
zu befüllen war.

Baden der Spaß für die ganze Familie, flog SoS ein Spruch den Kopf, der überhaupt nicht mit der Zeit und der Situation in der er sich befand, kompatibel war.

Wie gerne badete der kleine Svenney. Mehr als einmal wurde er mit dem ganzen Badewasser ausgeschüttet, in dem er oft zu heiß gebadet wurde. Was in seinem späteren Leben öfters von Nachteil sein würde, aber der Geschichte die Würze zu geben verspricht, die sie sonst nicht hätte.

In der Pubertät gab Svenney sich gerne Experimenten an seinem reifenden Körper hin.

Er stellte fest, dass wenn die Magd auf eine spezielle Art, an seinem Unterleib herum wusch, sich das Gebimsel das sonst nur lustlos zwischen seinen Beinen schaukelte und wie lächerlich, in der Wanne schrumplig aussah, zu etwas formte und anschwoll, das beeindruckend werden könnte.

Die Magd reinigte diesen Part doch ungewöhnlich lange. Mit einem ungewohnten Eifer und einem ihrerseits bestehenden Interesse.

Svenney stellte fest, wenn die Magd zu irgendeiner Handreichung abgezogen wurde und er die Bewegungen der Dienstmagd an seinem Schaft nachmachte, sich ein Kribbeln und prickeln und allerlei Gedöns, breitmachte. Während diese Erregung sich konstant erhöhte und stärker und darin gipfelte, dass dem Stamm, den er eben rieb, eine Eruption folgte.

Die milchige Flut des neuen Lebens, wenn an den rechten Ort verbracht.
Aber in die warmen Wasser gespritzt dort so gleich den Tod, das jähe Ende fanden.
Die unerfreuliche Nebenwirkung war, dass diese Eruption im Wasser klumpig wurde und etwas fädig gar sämig. Wie geronnener Rotz,

23

an der Oberfläche trieb. Was dann beim aussteigen aus dem Bottich, den Effekt hatte, dass dieses soeben ins Wasser abgegebene Erbgut, aus lauter Frust sich an der Haut festklebte. Dann beim Trocknen so widerlich zog, wenn man es mit dem Handtuch nicht abbekam und bis zum nächsten Besuch des Zubers, an sich hatte.

So ein Guss, ein Schauer von oben, dachte Svenney, sollte man Shower nennen und dieser würde jeden Dreck abspülen, an sich herunter abperlen lassen und auf nimmer wiedersehen verschwinden.
Ich sollte in den Boden, dieser „Shower" Löcher einbringen, damit das Wasser welches in seinem Eifer den Schmutz aufzunehmen, in seiner Reinlichkeit mit dem Duschenden getauscht hat, abfließen kann. So würden sogar die Quanten (Füße)gereinigt sein, so absurd der Gedanke von sauberen Mauken in dieser Zeit war.

Svenney hatte oft Ideen, eher Visionen aber es lies sich, nahezu keine umsetzen. Teils weil es technisch nicht möglich war, vor allem weil SoS zwar Hände hatte, diese für das meiste leider nicht zu gebrauchen waren. Was aber für eine Umsetzung nötig gewesen wäre.
Zeit wird es, sprach er mehr zu sich selbst, weil außer ihm kein Aas, 50 cm tief im

24

Schlamm steckte, daher erwartete er gar nichts.
Schllloooorkssssss, „WER DA" niemand

Vipi Bork.

antwortet, hätt Svenney geahnt, dass sein Stiefel, der sich festgesaugt hatte, dies Geräusch macht, würde er auf keine Antwort gewartet haben.
Schllllllloooooooooorkkkkssss zuppp plitsch, Svenney bemerkte selber, dass der Schuh seinen Fuß nicht länger zierte, sondern feststeckte.

„Zum Schaaaaaitaaaaaaann, jeden Abend bekomme ich die scheiß verseuchten, Gammeltreter, diese von der dümmsten Ziege stammenden Klumpstiefel, genäht von einer flachbrüstigen xxxxxxx. ..."

<< der Lektor würde das Wort ohnehin entfernen oder schlimmer umschreiben, was dem Fluch seine Dramatik nehmen würde, so tue ich es selbst, ...>>

„...nicht mal mit Gewalt vom Fuß. So das ich in den Dingern schlafen muss, tagelang."

Was ja seinen Vorteil hat, da wenn die Botten säuberlich geparkt auf der Fußmatte stehen, jedes Mal der Uhu, aus der alten Eiche vorm Haus fällt. Ansonsten, diese Dämpfe bis ins Anwesen gelangen, die wenig geeignet sind, Appetit aufzubringen, um das, was Madga in der Küche immer zusammen brennt, als Mahlzeit ein zu Verleiben.

Und hier im tiefsten Scheißwald, stecken die Dinger im Dreck.

Er zerrte, riss und zog und mit einem Schmatzen bekam er die Botten frei.

Während er sich fragte, ob man diesen Effekt nicht nutzen könne, um zu Hause, Stiefel vom Fuß zu bekommen. Eine Art Stiefelknecht so würde er ihn nennen, die Headline in der Verkaufsanzeige müsse nur auffällig genug sein, dachte er und verwarf den Gedanken wieder, weil er nicht drauf

kam, wie man diesen Effekt in eine
Homeversion die

ein Kassenschlager werden würde umsetzen
könnte. Er machte sich auf den Weg.
Falls irgendein geneigter Leser enttäuscht ist,
dass ich, der Erzähler diesem Vorgang keine
weitere Beachtung schenke, ist es dem
Umstand geschuldet, dass es sauspät ist,
Svenney Nass bis auf die Knochen. Ihm ist

27

arschkalt, er ist müde, hat Hunger, muss gleich kotzen. Er braucht dringend ein Gesöff und bei allem Respekt, meinen zahlenden Gönnern gegenüber, da kann ich den Tropf jetzt nicht ewig rumstehen lassen. So frierend, jämmerlich, nur um einen so simplen Akt zu verdeutlichen, wenn um diesen Matsch und Schuh doch weitaus mehr Gewese passierte.

Svenney begab sich auf den Weg, und zwar auf den, den die Kutsche genommen hatte. Ihm war so, als würde diese direkt ins legendäre Wirtshaus von Antrim fahren und er hatte schon als kleiner Junge ein Faible für Verfolgungsjagden.
Er erklomm den matschigen Abhang, erreichte den Weg zügig und ärgerte sich, wütend ballte er die Faust, dann beide und drohte in den Himmel oder andere imaginäre Richtung.
Ähhm, ja er hatte den Stiefel vergessen anzuziehen, das habe ich euch ja nicht erzählt, dann jetzt.
Svenney zog fluchend und grollend seinen Stiefel an, er versuchte es, aber es gelang nicht. Dunkel war es, kein Mond schien helle, es gab nur ein kleines wenig Licht. Da sich der Regen verzogen hatte, was Svenney da versuchte anzuziehen, war ein Baumstumpf, der genauso aussah wie sein, Schuhwerk das verkrustet, genau neben diesem Stumpf

stand. Der zweite Versuch, mit dem Botten passte besser. So schindete der Svenney O´Shea sich erneut den steilen Abhang hoch und bemerkte, das es wesentlich leichter war, als mit nur einem Stiefel.

So wanderte er stumpf schweigend. Jeder Versuch einer Plauderei hätte ihn nur aus seinem schwer erlangten Gleichgewicht gebracht, vor allem wenn eine zustande gekommen wäre, er jemanden in der Nähe hätte, mit dem er diese Konversation betreiben könnte.
Er dachte sich, wie praktisch wäre es doch hier an dieser schönen Wegessgabelung neben einem Hinweis, wo dieser Ort Antrim denn liegt, ein kleines Häuschen, ein Büdchen zu finden. Wo ein Bräter Wurst von einer Stange nimmt, die hinter ihm hängt. Diese Fleischeslust zerteilt, in kleine, gleiche Stücke, sie in ein Schälchen legt, ein rotes Pulver drüber-streut, mehr tomatiges Geschmier da darauf gießt und es hungrigen Reisenden gegen einen Obolus zu reichen. Dazu knusprige gelbe Stangen, aus der Kartoffel geschnitten, etwas Salz wäre fein, die man in die rote Soße tunkt. Ebenso ein Stück Brot, um das Schälchen gänzlich auszutupfen, damit keine Tomate umsonst unter Qualen zerquetscht wurde, auf das Reisende, sich an ihr delektieren.

Aber ein Hinweis, wo diese gottverdammte Schänke liegt, würde reichen, er folgte den Spuren der Kutsche.

So machte es Svenney schon früher immer, seine Art zu Navigieren war simpel, er folgte zu Fuß oder zu Pferd jemanden, der aussah, als würde er genau dahin wollen, wo er hin wollte. Meistens war Svenney dann nur überrascht, wo er statt, dessen ankam, aber ab und zu klappte diese Methode, was ihn dazu ermunterte diese Form der Navigation bei zu behalten, er kannte sonst keine andere.

So folgte er und wanderte weiter und immerfort und ein bisschen, bis es in seinem Darm zu rumoren begann.

„Ach Du Scheiße" der wahre Sinn dieser Worte wurde Svenney sofort bewusst, denn genau so war es. Während er drückte, spürte er, dass die Wurst lappte, und gleichzeitig bemerkte er ein Licht, das an Intensität zunahm, je näher er kam. Grell, als er unweit herankam.

Die Wurst winkte schon und Svenney beschloss, bevor er das vorwitzige Scheißteil aus seinem Stiefel kippen muss, sich der Hose zu entledigen. Durch drücken, den Geburtsvorgang dieses Stückes erlauchten Kotes, einzuleiten. Gesagt nahezu getan, obwohl niemand absolut gar keiner zu sehen war, oder überhaupt suchte er sich einen Busch, fand ihn sogar mit schönen weichen

Blättern, frischen vor allem .... die er nachher gut brauchen könnte und drückte ab. Samtweich wie geschmiert, entrückte die Fäkalie seinem Rektum und schlang sich zu Boden und bildete nein nicht einen, nicht 2 nicht nur 3, nicht 4 sondern 5 saubere Ringe und ein malerischer Zipfel. Svenney betrachtete melancholisch und mit Stolz sein Werk und überlegte. Wie Formidable es wäre, für den Fall das es etwas gäbe. Gerade im Sommer, wenn es heiß ist, eine Apparatur mit einem Hebel, wo man einen Becher unter eine Art Düse hält, aus dem eiskalte Creme floss, die auf dem Gaumen schmolz. Eine Vanillenote hinterlassend und erfrischend. Jäh durchzuckte es Svenney, eben von träumerischen Stolz sein Werk bewundernd, das wie gegossen auf der Erde lag. War dieser inspirierende Haufen nicht mehr da, er dreht sich um und sah, wie die braune Perfektion Beine bekommen hatte und sich davon stahl, er rieb sich die Augen, sah ein weiteres Mal hin und das Bild blieb.

Das die Scheiße am Dampfen war, das hatte er schon oft gesehen. Kot am Laufen und dann in die Richtung in die er wollte, als würde die Abscheulichkeit schreien, na los, komm, fang mich, wer erster ist und so ein Kack. Was der Scheißhaufen aber nicht tat. Er glänzte nur in seiner vollendeten Pracht.

Svenney dachte an die Schildkrötensuppe, die er gerne aß, sein inneres Auge erblickte den Teller mit dem Tier darin und so fragte er sich, ob das Reptil lebte. Hummer kocht man ja lebendig. Austern, die schlürft man aus der Schale, nachdem der Zitronensaft die Muschel zwingt, sich zusammen zu ziehen, das zuckende Fleisch, das sich in der Umhüllung windet.
Ich muss eine komplette Schildkröte erwischt haben, nur wie habe ich die so verschlingen können?

Während der Svenney sich fragte, erkannte er, dass er auf einen Igel geschissen hatte. Er wischte behände den Allerwertesten mit den allerfeinsten Blättern ab.
Bemerkte im Wischen, wie pläsierlich es die Natur meint, aber es doch besser könnte.
Wenn Sie nur an jedem Blatt eine Perforation ins Blattende, da wo es zum Stil wird, anbringen könnte. Weil sich das Laub so komfortabler ernten liese.
Nach diesem Scheiß schwang der Svenney sich auf, um die letzten Meter zu überwinden, die zwischen ihm und dem Wirtshaus lagen.

2. Der Barde

„Links den Huf und rechts den Huf, ja das ist
der Antrim Groove."
Schallte es aus der soeben geöffneten Tür, in
einem freundlichen Rhythmus und doch
mitreißend. Die johlende Masse stampfte auf
und Stompte, es war eine Freude, für dessen
Rechte später einmal die erste allgemeine
Verunsicherung (EAV), sich St. Pölten und für
die Singleauskopplung, den hinteren
Vorarlberg kaufen würden.
In dem Moment wo Svenney durch die Tür
stapfte und vor dem Dussel stand, in einem
lächerlich schwarzen Gewand gekleidet und
die Hand hob und sagte „uffbasse Duuu
gummscht do ned nei, wechselte der
Rhythmus und die Band fetze los, kein
mittelalterliches Geschrappel und Gezupfe,
sondern da lag Bass in der Luft und andere
Aromen, das war damals eben so.
Riechsalz ersetze die Seife. Aber wenn das
Parfüm den Dunst körperlichen Zerfalls nicht
mehr überdecken konnte, roch die im Mieder
geschnürte Pomeranze, lieber am Fläschchen.
Als sich die abgestorbenen Körperzellen mal
von der Haut zu schwemmen, indem sie ihren
üppigen Leib in ein Schaumbad zwang.

„Was ?" Erwiderte Svenney freundlich und
schaute irritiert zu dem Schmock vor ihn, der
fragte „Ey Schtescht uff da Lischt? (stehen Sie
 auf der Gäste Liste?)
„Was? "wiederholte Sveeney (Häää?)
„Du, gummscht do ned nei...." (Hier kein
Eingang für Idioten)
„Wer" (Häää)
„Du gummscht ned nei, leierte der Man in
Black" (No Entry).
„Doch, ich bin ja schon drin,"
Sveeney sprachs und wollte vorbei witschen.
„Du ned, do gummsche ned nei,
Kleiderordnung"
„Hääää",
fragte Sveeney schlau (Wie bitte?)
„Do inn, gumsch ned nei, weills ned sauber
anzoong bisch, do anna Düüür glääbt s de
Hausoordnong, gannsch need läääsee??"
(Kein Eintritt, wenn ihre Garderobe der
Hausordnung nicht entsprich)
„Eindeutig und fürwahr, zuerst edler Tor
Knecht, in welcher Kiste mit Sand, haben wir
beide gespielt und eine Schaufel und ein
Eimerchen geteilt, als das er meinereins
duze?"
„Schau er mich an, vom Kopf bis zum
Scheitel, ein Gentleman. Meine Stiefel allein
könnten Deine Sippe Monate nähren und das
Wams ist so fein, bestickt von 3-Jährigen, weil

nur deren Finger so klein sind, um das
Spinnenhaar das mein Wappen,...
Das der Familie O´Shea,"
 Svenney hob dramatisch die Stimme und war
enttäuscht das der akustisch untermalte
Familienname den einlassverwehrenden
Deppen, kein bisschen Erschaudern lies oder
sogar auf die Knie zwang. Was daran lag, dass
dieser nie etwas von O`Shea gehört hatte, wie
es den meisten Planeten Bewohnern zu dieser
Zeit ging.
„zu sticken", vollendete der enttäuschte Recke
Svenney seinen Vortrag.
„Hebe er sich hinweg, mache er den Weg
frei".
„doo gumsch ned nei" (Nix Eintritt)
„Die Kleiderordnung besagt, las Svenney den
Wisch der da glääbte."
Was etwa kleben bedeuten musste, denn
genau das tat das Papier. Dass ein Weib
vollständig bekleidet, vom Kopf bis zur Sohle
im sauberen Kleide zu sein hat, Schuhwerk
ihren Fuß bekleide und so steht es bei den
Männern der Einfachheit halber ebenfalls
geschrieben.
„Schaaauber ach no."
„Und sauber" verbesserte ihn der von
O´Sheas, dass man trocken sein muss, davon
lese ich hier nichts.
Da stand er der Depp und hatte wenig zu
erwidern. Wenn Svenney alles andere als

sauber war, schon gar nicht im Schädel und sein Stiefel nicht mehr so neu aussah, war es doch dieser O´Shea, der eintrat und den Türsteher stehen lies.

Dieser aber ihm wieder keinen Einlass gewährte. So trat Svenney diesem heftig in den Bauch. Den Schwarzgekleideten, bis dieser in der Mitte einknickte und vom Fuße beschleunigt in die nächste erreichbare Ecke abhob. Wo er sich von der Wand gebremst, erst einmal nur leise wimmernd dasaß. Geräuschvoll stöhnend hinabsank und dann laut röchelnd dalag, und den Weg freigab.

„Ich hasse diese Labberrei, führt zu gar nichts".

Sprach der O´Shea und setzte seinen Plan, Einlass zu erlangen, sofort um.

„Jetzt geht sie los, mit ganz großen Schritten". Irgendwas mit Titten konnte Svenney hören, die Band war phantastisch, eine Stimmung unglaublich. Auf den Tischen tanzten Damen, welche die Kleiderordnung die da draußen „glääbte", weder ernst noch genau nahmen und so manche die auf irgendwelchem Schoße saß, hatte überhaupt kein Kleid an, das einer Ordnung bedürfe.

Das Wirtshaus von Antrim

Überall wurde gegrölt, gesoffen, gefeiert, gemixt, gegrillt, gegessen, gekommen, gegangen, gewürfelt, gewonnen, gesponnen, gesungen und soeben gestorben.

Was öfters vorkam, die Gründe waren verschieden, denn auf vielerlei Ableben konnte man in diesem Hause zu Antrim hoffen.

Zu Tode gesoffen, gehurt, gefickt, gebumst, durch Gewalt, wenn der Hickory Axtstiel unnachgiebiger war als die eigene Nuss, der Stiel sogar ein Axtblatt hatte, das garantiert härter war. Oder der gemeine sich amüsierende Holzfäller vergaß oft, dass es angebracht war, wenn er sich über etwas echauffierte, die Axt an die Garderobe zu verbringen.

Mac O`Connor, dem die Uhr des Lebens mitteilte, das er dran sei, verschied heftig stöhnend und atmend. Als Maria von Ashwood mit einer 95 DDD gesegnet eher 105 EE, die sie aber in dieses hinreisende Kleid niemals hätte pressen können, und vor allem sollen, einen Niesanfall bekam. Wobei sich das Oberteil exorbitant spannte, der oberste Knopfes Naht den urbanen Kräften, welche da entfesselt wurden, nicht standhielt. Sich mit einem Zäääng löste, sofort auf Warp 3 beschleunigte und in die Stirn des O`Connor eindrang, was diesem nicht guttat.

Er fiel dann sofort und anständig um,
klammerte sich nicht an seinem Leben, er ließ
es los. Ja loslassen in einigen hundert Jahren,

Würde es Seminare geben, die sich mit diesem Thema befassen. Die sehr teuer sind und in denen man vor allem lernen würde, den eigenen Geldbeutel nicht zu um Klammern, wie gut es sich fühlt, wenn man losgelassen hat. Während andere danach willig und gierig zugreifen und der olle Mac O Connor wurde in diesem Moment zu einem Pioneer.

Selig sein Lächeln, denn das, was er zuletzt gesehen hat, war der Stirnwunde genau zu entnehmen. Bildet man den linearen Weg vom Knopf Ursprungsplatz zur Stirn, hatte man exakt die Achse, wohin der geile alte Greis, zuvor sein Augenmerk gelenkt hatte. Es war eindeutig, dass er zwischen genau 2 x 105 EE Dekolleté geblickt hatte. Was den Seeligen Ausdruck, der etwas dümmlich war dabei, erklärte und somit war klar, er starb mit dem Blick auf monstermäßige Gesäuge, die doch auffällig drapiert waren und in der Auslage recht gekonnt angeboten wurden.

Wer möchte nicht so sterben, gut der Mercedes unter den Todesarten ist, immer zwischen zweier solcher Monster zu ersticken, nachdem man sich ausgiebig leergepumpt hat. Was oft vor kommt, zumindest im 21 Jahrhundert in irgendwelchen Thaimassagen. Ob auf Phuket,

Pattaya und in Bangkok, wo Opa Tuckermann leblos auf der Mai Lin liegt, nachdem das Herz ihm schmerzhaft mitgeteilt hat, das es für diese Anstrengungen zu alt ist.

Und das die blaue dreieckige Pille, zwar den Stand der Dinge gut und gerne wieder herstellt, aber es ihm den Zentralmuskel, welcher das Blut durch Aorten pumpt, gar nichts bringt, außer Leid und die Lust aufzugeben.

Da das Herz davon ausgeht, das eine Drohung, durch sagen wir leichtes Herzkammerflimmern oder einen Teilkollaps nichts bringen wird.

Aber das jede andere Art von Warnung, zu 99,9% in den Wind geschlagen wird. Weil das Hirn einen guten Meter tiefer gerutscht ist. Ebenfalls in 2 Hirnhälften unterteilt, die nicht mal am Hypothalamus zusammengefügt, sondern ballig als Einzelorgane funktionieren, das Denken übernommen haben.

So hat das Herz beschlossen, den bei der Geburt geschlossenen Vertrag einseitig zu beenden.

Reiseprospekte für geile Knallköpfe, über den Golf von Thailand, damals Siam, beschreiben diesen Traumtod in den Soi´s von Pattaya genau.

Der Traum Tod schlechthin und genauso wurde es in seinem Lieblingspornofilm, Fick und Fotzi, zwei Turbogeile Stewardessen Nymphomaninnen auf dem Linienflug, im Bumsbomber nach Bangkok beschrieben. Svenney ging zielsicher auf einen der Tische zu, auf dem kein Weibsstück barfuß herum wackelte. Er wollte etwas Essen und Füße die nicht in zarter Versuchung, durch einen Seidenstrumpf verborgen, verdarben ihm den Appetit. Wenn auch nicht heute, da brauchte er keine Esslust, er hatte einen Bärenhunger. Krachend lies er sich auf das einfachgefertigte Sitzmöbel fallen. Er knallte mit der flachen Hand auf den Tisch und verkündete, Wein Weib und Gesang kann ich mir nicht leisten, aber für heut nehme ich mit dem Sorgenbrecher, und was zu essen vorlieb. Wenn es eine Kammer gibt, in der ich mein müdes Haupt betten könne, so wäre es mir Recht.

Er sprachs und die Worte verhallten, ungehört. Den niemand nahm Notiz von Svenney, was daran lag das die Anwesenden Schweine, vor allem in der Küche anzutreffen waren, dort nicht mehr den Anspruch hatten, einer vorgetragenen Bitte Gehör zu gewähren. Sie waren, mit einem anderem werden beschäftigt, dass werden zu einer Mahlzeit.

Schwein wurde zu Haxe, zu Eisbein gepökelt zu Sülze dem SPAM, als Rippe, Kotelett oder gegrillt. Sonst in weiterer Form angeboten, im

Gegensatz zu jedem anderen irischen
Restaurant, wo es ausschließlich LAMM gab,
aus dem die meisten Nationalgerichte Irlands
bestanden. Das Antrim aber stand für
Sauereien, auf dem Tisch im Magen und
sonst.
Niemand schien sich für den Helden zu
interessieren, der hungrig und mit einem
Durst, Platz genommen hatte. So stellte der
Svenney sich wieder auf die Füße. Schlurfte
an den Tresen, wo er sich einen ca 50-
jährigen Greis (damals war man mit 40 schon
alt) der den Wirt darstellte, was man an
seiner Montur leicht erkannte, am Kragen
schnappte, diesen kurz anhob und ihn
ansprach.

„Gevatter ich hatte einen langen Weg,
ich hab einen Hunger und einen Durst.
Aber, bin kein Verehrer,
aber ich mache gleich Deine Kasse leerer,
drum stell ihn mir hin 1-2-3,
von der Sau eine kleine Schlemmerei.
Noch einen Humpen vom Fass, aber
Schenk gut ein,
sonst kassiere ich euer Leben ein.
Und wenn ihr schon dabei seid,
für mich noch eine weitere Freid.
Vom Weine dem guten würd ich gerne
trinken
auch wenn meine Füße aus den Stiefeln

stinken
den Schnaps danach lass ich nicht aus,
trabt nun ab und bringt mir den
Schmaus."
Da ginge er fort, und lies den Wirt aus seinen
Händen raus.

Es dauerte nicht lange und ein weiß
gewandeter dicker, walzte zu dem Tisch, an
dem Svenney wartete, in dem er dem Treiben
zu sah und das Treiben, ihn den Sohn des O
Shea bemerkt zu haben schien. Von überall
kamen Blicke auf ihn zu.
Der Dicke wuchs vor dem Tisch, des Svenney
auf schaute bärbeißig, zu dem da sitzen hinab
und legte los.

„Hey Du Schmock, du hörst gleich ein
Kroock
Dein Schädel wird es sein, aber nicht
vom Wein
mit diesem Stock, schlag ich ihn dir gleich
ein".

„Du willst essen von dem Schwein,
Deine Artgenossen passen in dich doch gar
nicht rein.

Weißt Du was?
Ich krieg gleich den Hass,
und Du einen Laufpass."

Svenney:
„Hey Du Bettel, renn zu Deiner Vettel
In die Küche rein,
aber fall nicht über mein Bein.
Wenns nicht gleich was auf diesem Tisch zu
essen hat,
dann mache ich dich ganz schnell platt."

„Nimm Deinen Stock, mach daraus nen
Pflock
treib ihn dir in den Arsch
ich werde hier gleich barsch."

„Gleich werd ich sehen, wie Du kuckst
Wenn Dein eigenes Blut Du spuckst".

„Deine Zähne kannst Dir auch gleich an
Sehen.
Denn die werden sich gleich auf dem
Tisch hier drehen".

„Trab schnell ab, mach Dir den Spaß,
und gebe in Deiner Küche Gas.
Ich will, was ich will.
Weil ich dich sonst ganz einfach KILL".

Siehst Du das Messer?
Verstehst Du mich jetzt besser?
Wen ich dich nicht gleich von hinten seh,
tue ich Dir, damit weh.

Der Koch
    „Verzeiht mir Herr, ich habe kaum
gepennt.
Ihr habt da ein wirklich gutes Argument".

Drum werd ich mich jetzt sputen.
Hab für euch Keulen von den Puten."

„Den Wein zapf ich aus dem besten Fass,
setzt euch ans Feuer, ihr seid ganz nass.
Ein Bier vorab ich lass es euch bringen
verzeiht mir Herr, wir müssen heute nicht
Ringen".

Svenney
    „Für Gastfreundlichkeit seid ihr bekannt,
Hier und dort, in meinem Land.
Ich sehe, ihr habt verstanden.
Sagt mal, wie kann man bei der Frau da
hinten landen?
Sie ist so schön wie gefallener Schnee,
sagt
Wer ist sie...
Sonst tue ich euch weh".

 Der Koch
„Bernadette, ihre Mutter ist ne fette aber,
alle Wette.

Ihr Vater der ist Lette.
Sie ist ne feine Dame, nicht aus dem
Hause für arme.
Ne gute Partie, so eine Gelegenheit bekommt
Ihr sonst nie.
Dazu ist sie Single.
HEY HEY BAND spielt jetzt einen Jingle ..."

Die Kapelle tat es und der Koch fleuchte in
seine Küche und Svenney war rundum
zufrieden.
Komischer Typ dachte er, genau wie der Wirt,
hier bekommt man nichts auf normalem
Weg, nur in Reimen muss man hier
schleimen, die sind doch gaga.

Aber Svenney hatte, was er wollte oder bald
zumindest, etwas Warmes im Bauch, was
Kaltes zu trinken. Tabak im Beutel für das
Pfeifchen danach, er überlegte kurz, ob er was
von dem feinen Plattentabak hatte, der so gut
roch, wenn er ihn entzündete. Ja von dem er
immer so blendend draufkam.
Das attraktive Fräulein das dahinten angeregt
mit sich selbst stand, er überlegte, woher er
sie kannte, er hatte sie gesehen, da war er
sicher, nur wo.
Er blickte zu ihr hin, sie schaute zurück aber
ohne Interesse.

Der Ire beließ es erst mal dabei, denn der
Koch Höchstselbst schleppte Tablette, die
sich bogen.

Svenney besah sich die Schweinerei und
stellte fest, dass es gut ward, die Keulen vom
Puter, der in der Region aber Turkey genannt
wurde, was in späteren Jahren der Begriff für
auf Entzug sein, von Drogen wurde.

Er schmatzte ordentlich, rülpste, was das
Zeug hielt, damals war das höflich und
Luthers Martin fragte einst in die Runde,
warum furzet und rülpset ihr nicht, hat es
euch nicht geschmacket!?

Dem Svenney hat es Geschmacket und
gefurzt wurde ordentlich. Er hielt kurz inne,
im Rülpsen und furzen, denn beim letzten
Ausstoß, der ein Krachen war, kein
Jammerton wandernder Darmgase mehr,
sondern ein ordentlicher Röhrer, kam Land
mit.

Ich bin gar nicht so groß, sitze aber
wenigstens nicht in, stattdessen auf der
Scheiße. Gut gelaunt nach dem ersten Krug
Bier, dem er einen weiteren folgen ließ.

Dieser sollte dem primären Stein Gesellschaft
leisten.

Ein weiterer folgte, der dritte Krug, dieser war
für den Brand, den der Held verspürte. Den
der Haxen von der dicken Sau, da war
ordentlich Pfeffer dran. Ein Krüglein
Rebensaft, „denn fein schmeckt der Wein aus

einem Krug von Stein," fiel ihm ein, folgte
und er bestellte einen weiteren. Was uns sagt,
der Erste wird gemundet haben, denn er
verlangte die gleiche Sorte.

Zielsicher wandelte er in einer konzentriert
geraden Schlangenlinie, unter Ausnutzung
des gesamten Schankraumes, auf das Weib
zu, das ihm als Bernadette vom Koch benannt
wurde. Er kam eindrucksvoll und direkt vor
ihr zum Stehen.
Das sein Gesicht fast in Ihrem Ausschnitt lag,
er hatte sein Antlitz mit diesem Dekolleté
schon vermischt, pikierte die als Bernadette
Angepriesene. Was den Svenney aber nicht
störte.
„Küüs die Hand gnäääääädige Frau Mei
was sind ihre Augen Blau."
 Sprach er Bernadette an.
„Mein Bustier gefällt ihnen offensichtlich".
Folgerte die Lady.
Es war das, einzig was Blau war, neben dem
Helden.
 „Ich beneide es, trotz der harten Arbeit,
welche diese Halbschalen zu leisten haben,
würde ich mein Leben dafür geben, mit ihnen
zu tauschen".
„Ihr Dasein werden Sie sicher verlieren, wenn
sie weiter in meinen Ausschnitt glotzen".
Fügte Bernadette hinzu, meinte es aber gar
nicht so, denn Sie war kurz davor sich, sein

Leben selbst zu nehmen. Irgendwie fand sie diesen Kerl widerlich, was er war, aber Svenney sah sich anders. Ungemein gelungen und man möcht der Natur gratulieren, für seine Schöpfung.

„Fräulein, ich habe Sie schon mal gesehen, weiß nur nicht wo und welchen Ortes, aber wer Sie jemals sah, vergisst Sie nie mehr,....''

„Ich glaube kaum, das Wir uns je begegnet sind", sprach die Bernadette.

„Sicher".

Bekräftigte SoS, extrem selbstbewusst, „sonst wüssten Sie ja, genau wer ich bin!"

Egal Svenney O´Shea aus Dublin, stellte er sich vor und Sie sind Bernadette.

„Wer hat euch das gesagt".

„Wer sagt, das es mir, wer gesagt hat", konterte der Sohn des alten O´Shea".

„Wer außer euch kann einen solch schönen Namen bekleiden? Er war der Erste, welcher mir einfiel, als ich euch sah."

Das zweite das Svenney auffiel, als er sie anblickte, sprach er zum Glück oder hoffentlich nicht aus. Er stellte fest, dass diese Frau außerordentlich teuer, und edel gekleidet war. Ihre vornehm makellose weiße Haut, Alabaster, wie feinster italienischer Marmor, nur durch rote Adern durchzogen, bedeckt von zarter Spitze und ein Umhang aus edlem Samt, mit goldenen Stickereien,

der riesige Reifrock, zeugte von Reichtum, von Stand und Macht, edles Geblüt.
Er begutachtet den Rock wie ein Kenner, ein Schneider gar Bildhauer. Er betrachtete ihn lange und ausgiebig. Nicht der Stoff oder Schnitt fesselte ihn, das Material, die Schnüre und Bänder, sondern er stellte sich vor, ob unter dem Gewand, der volle Zugriff galt.
Geschuldet der Kälte und damaliger Sitte, wurde der intime Wäschekern, meist aus Spitze und Seide, nach dem System der Zwiebel, mit weiteren Kleidungsstücken erweitert.
Umgekehrt gingen Svenneys Gedanken, von dem, was er sah, zurück zu dem seidigen Kernkleidungsstück.
Was das geistige Auge ihm da zeigte, gefiel ihm zu offensichtlich.

„Was seht ihr mich so an"?
Unterbrach Sie des Svenney Hirnakrobatik, der sich vorstellte, das wenn diese Schenkel und Waden ebenso weiß waren, wie ein Glas Milch mit einem Tau von Honig. Wie doch schwarze Seidenstrümpfe, angenehm an diesen Schenkeln aussehen würde.
 Und eine Symbiose mit ihrem Schamhaar eingehen, das wie gesponnen Seide in dem Kerzenlicht schimmern würde, in dem er Sie nehmen wird. Er hoffte auf seiner Kammer würde der Wirt eine Kerze bereithalten, denn

Öllampen bereitete ihm Migräne und da war er unleidlich.

„Was seht ihr mich so an".

„Wie"„ so durchdringend, man könnte meinen, ihr zieht mich aus, mit diesem Blick".
„Geht das?"

Fragte Svenney geistesabwesend und dann etwas Törichtes,

„Ma´ am, verzeiht die Band, scheint gewechselt zu haben, irgendwo schreit ein Kind, während die Amme an Saiten reißt oder so, wie mir das vorkommt."

„Ach das wird der Barde sein, den Sie hier haben, von überall her kommen die Kenner der Musik und lauschen seinen Erzählungen, auch wenn alles nur Spinnerei ist, die Geschichten eine Mär aber er trägt sie gut vor."

„Was? Die Kutschen und Gespanne quälen sich den Weg entlang, um das da zu hören, wer in Dublin so schräg singt, wird vor dem Wirtshaus in den Baum gehängt."

„Wohlan dann lasset uns doch zu dem Barden gehen, ihm lauschen, sicher fällt mir ein, wo unsere erste Begegnung war, und ich hätte euch gerne in meiner Nähe, wenn es mir einfällt."

Galant wäre geprahlt, aber für einem O´Shea doch beachtlich, bot er Bernadette den Arm. Er wollte Sie auf eine Bank, die dem Barden nahe stand geleiten, da trat ein edel gekleideter Geschäftsmann zwischen die beiden und raunte,

„Sir diese Dame ist mit mir hier, gestatten Smith aus Gatewick".

„Nicht mehr? Herr aus Gatewick, ich komme aus Dublin, einer Hauptstadt wie von einem anderen Planeten."

„O´Shea, Svenney O´Shea können Sie morgen in ihrem Pub in Gatewick prahlen, haben sie getroffen, keinen geringeren und nun gehen Sie aus dem Weg, ich habe mich um diese Lady zu kümmern."

Smith stand bar allem, vor sämtlichst ohne Argumente im Raum, den zu durchqueren, um den beiden zu Folgen, ihm so spontan nicht einfiel.

So blieb ihm nur dieser Standort, und eine Kinnlade, die ihm aufklappte und wieder zu, damit er sie erneut aufklappen konnte.

Als Svenney der Dame an seiner Seite, charmant den Platz anbot, indem er sie auf die Bank drückte, sich neben sie setzte, hatte er den Fremden aus Gatewick schon vergessen.

Der Barde begann.

„Tingeling tiiin Ting von dem Schatz ich
sing
deheeem Schatz, den ich besing.

Tue ich hier jetzt Kunde, bin mit Gott im
Bunde
Bezeuge in dieser Runde.

Diiiing Dooong, der Schatz ist Rot,
der Schatz ist Rot.
Er frisst kein Brot.
Ding Dong der Schatz ist rot aber,
suchen tut jetzt not.

Unter dem Stein vom Patrick
Den Hinweis gern hätt ich.
Hast Du ihn gefunden,
bist du nah dem Runden,
denn der Ring, der ist zu finden,
ich selbst habe ihn gesehen, bei einem
Blinden.

Der ihn mir dann gab,
ich versprach auf sein Grab,
setze mein Gaul in den Trab,
der Blinde dem Tode erlag.
Ich hatte gelogen, kein Pferd,
um zu reiten, den Bogen, den weiten.

Nach Olbay an der Küste die Wogen zu
sehen,
ich zog vor, zur Festung der Huren zu gehen
und da ist es geschehen.

Den Ring hab ich seitdem nicht mehr,
trage daran recht schwer.

Ich habe gehurt.
Den seid meiner Geburt,
folgte ich jeder Furt,
die in ein Hurenhaus lud,
dem Weib zu erliegen, sie zu beischlafen
mich an ihr zu schmiegen.

Den Most aus ihrem Nabel zu schlürfen,
ja das werde ich dürfen.
Den Wein ich aus anderen Löchern genoss,
mir beinah die Mama San in den Kopf,
einen Pfeil schoss.
Dann habe ich sie genommen, dafür hätt
Sie 10 Pfund bekomme.
Die aber hatte ich schon der Maria gegeben,
sie hat 3 Nächte in meinem Bett, mit mir
gelegen.
Gelenkig und so behände, sie hatte so
zarte Hände und ihr Mund brachte mich so
oft zu Ende.
Es floss Schweiß beim Liebesspiel so heiß,
alles hat seinen Preis wie jeder weiß.

So ruinierte mich die Mari, nur genug hatte
ich nie.

Die Mama San die Mama San, die vieles so gut
wie Bumsen kann.
Ich zog mich schnell an und wollte
entweichen, da traf mich am Kopf ein Klotz
aus den Eichen.

Ich ging zu Boden,
ein Griff an die Hoden.
Da war ich gefangen und dann hat sie mich
aufgehangen.

Gib mir mein Geld und ich verschone dein
Leben,
den sonst bleibst Du Lump für immer da oben
Kleben.
Ich sagte Nein, was soll das sein,
Mama San schaute bös,
 da sah ich es dann halt ein.

Mein Ring ich ihr gab, der Wert tausendfach
ich wollte aber runter, raus aus ihrem
Gemach.
Doch Sie hielt mich in Schach.

Gib her das Ding, bringt mir kein Gewinn,
ich habe aber mehr Geld im Sinn.

So sprach sie es laut, bring mir den Zaster ...
sonst bekomme ich einen Ausraster.

Geh hinfort, Du dummer Mann und beeil
dich und schaffe die Kohle hier ran.
Bringst Du mir die Zeche plus den Obolus,
aus Bleche,
dann seh ich davon ab,
aber sonst ich mich räche.

So ging ich von dannen, aus dem Hurenhaus,
und stand unter den Tannen,
Wie ich so blickte, neben mir mehr
Geschicke, das hat man vom, zu vielen
Geficke.
Da standen wir da ohne Geld und Hose,
vom Untergewand der Bund war lose.

Doch nichts dauert ewig lange, mir war es
nicht bange,
denn es war eine schöne Zeit, bevor es begann
mein Leid.
Weil das Geld nicht mehr im Beutel wahr den
Huren komm ich immer zu nah.

In ihrer körperlichen Perfektion
und für die Erektion, ich es gab dem
Hurending
Die mit meinem ...., zu spielen an fing.

Steh ich hier draußen,

neben den anderen Flaschen, linksaußen.
Kann mir gar nichts mehr kaufen,
nicht mal was zum Saufen.

Die neben mir Fragen,
kann ich mir versagen, denn eines ist gewiss,
denen blieb nicht mal ihr Gebiss.
Wofür die Mama San am bekanntesten
isssssssss (der Barde zog den Ton extrem
lang).

Ich tapperte eins, zwei, drei
Bis hierher ins Antrim, aber das ist einerlei.

Den Schatz besessen, doch kann ich's
vergessen?
Den, den Schlüssel am Ring, bei diesem
wilden Ding.

Nur dieser Ring, der mir verging, obgleich ich
so wahnsinnig an ihm hing.
Bringt einen anderen als mich hin.
Zum Schatz, dem Schatz der Schätze,
bewacht von einem Typen mit Krätze,
mit Füßen, die stinken wie Jauche,
weshalb ich das Wort Monster gebrauche,
mit Händen so groß wie Bratpfannen, die
jeden Faustkampf gewannen.

Einem Kopf wie eine Kartoffel, verbeult,
hässlich und schofel.

Beine wie Baumstämme, wenn sie dich
Treten, reißen in den Augen, die Dämme.

Aber hast Du den Schlüssel den Letzten,
wird er Dich nicht zerfetzen.
Den dann wird er wissen, du weißt es das
Geheimnis, dass nicht mehr geheim ist.

10 Schlüssel und Orte musst Du finden.
Drum besser Du gehörst nicht zu den
Blinden.

Deine Augen sie werden fragen.
Deine Beine werden dich tragen.
Deine Arme müssen sich wehren.
Du selbst sollst jeden Hinweis ehren.

Denn niemand verschenkt einen Schatz,
und ohne Reim beende keinen Satz.
Nur wenn Du mutig und stark
Du glaubst diesem ganzen Quark,
entrinnst dabei dem Sarg und bekommst
obendrein, mein Schätzelein.
Zuerst wirst Du Dich sputen.
Bei der Mama San die Schulden bluten.
Vergesse nicht, einen Obolus zu geben,
sonst wird sie Dir eine kleben.
Statt dem Ring, dem himmlischen
Ding, den Du gleich zu mir bring.
Und gemeinsam gehen wir dann fort um zu
suchen.

Den Schatz und ohne zu fluchen, denn ein
Greif, der allein den Abschnitt kennt, den
man unbedarft verpennt.
Und falsch abzweigt, weil man dazu neigt.
Fehler zu machen und andere dümmere
Sachen.
Der Greif ist ein Teil der Navigation.
Schwer zu glauben, aber was bringt es schon?

Fasse Dir ein Herz dies ist kein Scherz.
Der Schatz existiert, doch der Preis ist Dein
Schmerz.

Doch wirst Du ihn finden, kannst Du heilen
die Blinden.

Und wenn das nicht stimmt, weil die
Geschichte es nimmt,
dann kannst du Dir alles leisten,
und vom Besten am meisten.

Bring mir, oh bring mir den Schlüssel her, das
Warten jetzt endlich vorbei wär.

Dieses Lied ich zum tausendsten Mal singe.
Damit mal einer von euch ginge den Schlüssel
zu holen.
Es ist nicht gestohlen, singen Amseln und die
Dohlen.
Den als Pfand er der Mama San vermacht, sie
ihn auslöst, wenn Du meinen Gruß erbracht.

Oh bring mir, oh bring mir, den Schatz.
Und jetzt alle ....

Oh bring mir oh bring mir den
Schaaaaaaaaaaaatz

Ja   briiiiiiing miiiiiiiiir den
Schaaaaaaaaaaaaaaatz

Applaus beendete die abendliche Darbietung
des Barden. Alle lauschten ergriffen und
Svenney würde bewegt lauschen, wenn er
nicht abgelenkt wäre, von den beiden
Melonen der Bernadette, die sich in seiner
Phantasie miteinander und über ihn selbst
unterhielten.
Natürlich wusste ein O´Shea, das sich
Oberweiten nicht einträchtig zu unterhalten
pflegten, aber der Gedanke war angenehm
und so behielt er ihn, während der Barde
seine Ode an den Schatz, zu Ende röhrte.

Die Gedanken sahen so aus:
„Was für ein attraktiver Gentlemen", sagte
Die Linke.
„Ja, wundervoll und diese Ausstrahlung",
sagte die Rechte.
„Ob er mich gerne berühren würde,"?
Fragte die Links stehende.
„Ja so in die Hand und quetschen",

sagte die Rechte.

„Meinen Nippel drehen, einmal ums sich selbst", sagte die Links.

„Ja, bis er zu reißen droht und dann dieses Prickeln einsetzt", bemerkte die Rechte.

„Mich dürfte er beißen, seine ebenmäßigen Zähne in mein Fleisch schlagen", ergänzte die Linke.

Ja jaaaaa und den Nippel saugen, bis er hart wie Stein ist und dran ziehen, stöhnte die Rechte,

„Und dann hinter dieses Weib stellen und uns zwei von rücklings an den Leib quetschen," winselten beide.

„O´Shea, wo starren Sie hin,"
Wurde Svenney in seinem Gedanken, aus genau diesen, Vertrieben und wurde sich bewusst, dass die beiden, die eben im Dialog standen, jetzt in ihren Körbchen zu schlummern schienen.

„O´Shea, ihnen rinnt ja der Speichel vom Kinn" benehmen Sie sich, man schaut schon hierhin".

„Das reimt sich aber hübsch, edle Bernadette , wie wohlklingend Ihre Stimme ist. Auch wenn Sie Unsinn reden, ich war ganz bei dem Barden. Seinem Lied über Huren und den ganzen schönen Sachen, die er besang, wieso hat er aufgehört?"

„Er war fertig" antwortete Bernadette.

„Ja so sah er auch, auch ganz schön mitgenommen, ich glaube, er raucht Gift Umanach oder nascht am Stechapfel, so wie der aussieht."
„Ich glaube eher, Ihr seid solchem Kraute geneigt, klar im und beim Verstande seid ihr keineswegs, „ stellte die schöne Lady fest."

„Iiih bewahre, bin von Natur, so wie ich bin, kann CO_2 sehen, auch wenn ich gar nicht weiß, was das ist und sein soll. Aber es ist überall um uns, in der Luft. Ich ahne, dass es später, einmal wenn es uns nicht mehr gibt, für allerlei zuständig sein wird, dieses CO_2 und das nicht im Positiven."
„Sagt holde Bernadette , habt ihr schon mal von einer Greta gehört?, Dieser Name taucht immer wieder in meinen Visionen auf. Immer wenn ich dieses CO_2, von dem ich nicht weis, was es ist, sehe".
„Nein" antworte Bernadette ehrlich und schüttelte ihren Kopf und tippte sich bedeutungsvoll mit dem Zeigefinger an die Stirn.
„Ihr Augenabstand stimmt nicht und ansonsten, der möchte ich nicht begegnen, unheimlich das Kind".
Bernadette beschloss nichts zu erwidern, der Svenney wird sich sonst ermuntert sehen und weiter blödes Zeug reden, was er zu gerne, trotzdem tat.

„Wovon hat der Barde gesungen, schöne Frau", nahm Svenney nach quälenden Sekunden des Schweigens den Gesprächsfaden wieder auf. Er wollte Bernadette in ein Gespräch verstricken, um sie zu verheddern. In der Hoffnung das sie sich, ihm heute hingäbe. Den der Dialog ihrer Milchdrüsen, machte ihn scharf, weil er fest daran glaubte, er habe stattgefunden. Da dieser so realistisch war und beide Brüste ihn so vortrefflich, als charmant und attraktiv beschrieben.

„Er besang einen Schatz, den er zum Greifen nahe hatte, zumindest was die nächste Prüfung betraf.
Leider hat er den Schlüssel, den er benötigte, um näher zu kommen, in einem Hurenhaus versetzt, deren Rechnung er nicht begleichen konnte. Zu allem Überfluss, das da noch mehrere Schlüssel sind, und das der Schatz unermesslich wertvoll ist."

„Er existiert real und ich weiß alle Details. Dem ersten besten, der mir diesen Schlüssel wieder bringt, beteilige ich zur hälfte, an diesem Schatz".
Unterbrach der Barde die Unterhaltung, zum Missfallen von SoS.

„Wer seid ihr?" Svenney war zu versunken in die Milchtheke der Frau, in die er sich zu verlieben gedachte.
Für den Barden konnte er einfach nicht die Aufmerksamkeit aufbringen. Seine Gedanken waren damit beschäftigt, wie er als Saisonhelfer, auf Melonenfeldern schaute.

Svenney war großen Oberweiten, zugetan, er liebte es sie auf seinem Kopf, zu spüren, was ihn beruhigte. Am Liebsten hätte einen Busen als Hut getragen.
Er fand aber keine Eigentümerin, die sich bereit erklärte einen der Ihren, für ihn abzugeben, bedauerlich. Gleichzeitig dachte er, das Thema Haltbarkeit sei ein Argument, diesen Hut nur als Traum im Herzen zu tragen. Anstatt auf seinen Kopf, wohin ein Hut zweifellos gehörte.
An heißen Sommertagen müsse er diese traumhafte Kopfbedeckung ohnehin zu Hause lassen. Der Geruch von angebrannter Milch sei nicht dazu angetan, gute Laune zu erhalten, eher umgekehrt.
Svenney erinnerte sich an seine Kindheit. Nachdem es einmal schrecklich nach verbrannter Milch stank und er seine Mutter fragte, die ihrem Sohn aber niemals zuhörte, oder ihm andererseits Aufmerksamkeit, irgendeiner Art schenkte,

„Mama was stinkt den so entsetzlich, nach verbrannter Milch".
Und die Angesprochene geistesabwesend antwortete,
„jetzt nicht die Amme hat Fieber".
Diese Antwort nahm klein O´Shea, zu ernst.

Der Barde war, während Svenney seinen Gedanken nachhing, mit Bernadette ins Gespräch gekommen, und diese schon unendlich aufmerksam, sie klebte an den Lippen des Barden.
Kurze Zeit nur, später hing etwas anders an des Sängers Schnute, und zwar eine flache gestreckte Faust, die Svenney gehörte und dieser sie in der Absicht, das sie die Lippen treffen würde und diese dann anschwellen, dorthin verbrachte.
Wie meistens, wenn Svenney diesen Trick mit der gestreckten Hand anwendete, passierte das beabsichtigte. Die Lippen des Barden wurden Rot, groß und ausladend. Die obere platzte keck, worauf sich ein Blutklecks aus dieser Umgebung löste und in das üppige Dekolletee platschte und atemberaubend aus sah. Bezaubernd in seiner Rundheit und weswegen späteren Datums, viele Frauen sich einen solchen Schönheitsfleck, zulegten und diesen gerne an ihren Auslagen befestigten. Vor allem an den Wangen und im indischen Archipel, da wo man so lustigen und vielen

Göttern huldigte, einer der aussah wie ein Elefant und den drolligen Namen Ganesh führte, sich auf die Stirn klebten.

Svenney war hingerissen, zu gerne hätte er ein Foto gehabt. Weil aber der Vater von Daguerre so wahnsinnig zaghaft war, um eine Frau anzusprechen und dann einen Sohn zu zeugen, wurde die Erfindung der Daguerre Typen (Fotoplatten), von der Evolution, nach hinten verschoben.

Wie schön, diesen Blutfleck, der so zierend das Dekolette belebte, für die Ewigkeit festzuhalten.

Leider konnte der Svenney nicht vieles. Vor allem nicht malen und so wird diese Erinnerung schon bald verschwinden.

Wäre da nicht dieser Daguerre, der später Ladys, die einen Schönheitsfleck trugen, photographierte. Wie der Fotograf von Mahatma Gandhi´s Frau, die genau wie ihre Tochter Indira Gandhi einen solchen mitten auf der Stirn trug, was absolut und gar nicht so schmückend wirkte wie die Schönheitspunkte die Europäische Frauen, ganz wo anders anbrachten.

„Ihr starrt".

Wurde Sveeney aus seiner bewundernden Betrachtung gerissen.

„Was habt ihr dem Barden angetan, warum?"
Fragte die ihn aus seiner faszinierten
Begutachtung reißende Stimme.

„Ich" warf sich Svenney in die Brust.
„Ich habe eure Ehre verteidigt, indem ich
diesen Wüstling der euch belästigt hat, die
Gosche geschlossen habe".

„Dieser Mensch hat mich nicht belästigt".

„Halleluja, das meine Methode wirkt, eine
Belästigung zu unterbinden, war ich gewiss.
Aber das sie rückwirkend eine Zudringlichkeit
gar nicht entstehen lässt, Madame ich weiß,
ihr könnt mir nicht genug danken. Ich bin
bescheiden und sicher gibt es etwas, das ich
euch nicht und niemals abschlagen könnte,
wenn ihr es mir aufdrängt".

„Wie...was, ich euch aufdränge, abschlagen...
ich versteh nicht" stammelte die Bernadette?

„Seid gewiss, dass ich Mylady niemals in ihrer
Ehre kränken werde, wenn ihr den Schoß mir
offenbart. Mit Freude werde ich euch in der
Kammer annehmen und genießen, was
immer ihr meinen Lippen und Fingern
anbietet. Egal ob ich es streicheln, liebend
kosen oder hart behandeln soll. Euer Dank
wird meine Lust sein. Ja ich bin mir bewusst,

dass ich ihn verdient habe und ihr mit eurer Anbietsamkeit aufrichtiger Dankbarkeit mir gegenüber, richtig liegt."

Bernadette, die es gewohnt war, das letzte Wort zu haben, klappte der Teil des Gesichtes herunter, der am Kauknochen, dem Kiefer befestigt war. Welcher es ermöglichte Speisen durch Kauen zu zerkleinern oder zu einem wiehernden Lachen. Andernfalls wenn man ein Pferd zu imitieren beabsichtigte, nach unten zu gleiten, und wieder hochgezogen werden konnte.

Svenney betrachte dies als eine ortsgebundene Geste die Zustimmung ausdrückt, und zog Bernadette nah an sich heran.
Diese hingegen, beeilte sich einen Schritt, Distanz zu gewinnen.

<<< <<<<<Später einmal, wird von einer Bürgermeisterin, einer bedeutenden deutschen Domstadt gesprochen werden. „Eine Armlänge Abstand", forderte die gewählte, nachdem an Silvester Feierlichkeiten, „neue Bürger" den anwesenden Damen, mit oder ohne Begleitung, zudringlich wurden.
Eine Armlänge Abstand, die Einhaltung sollte verhindern, dass Finger in

Kleidungsstücke oder sogar Körperöffnungen gleiten, die dort nicht hingehören und außerdem nicht erwünscht sind.

Etwas später, wurde die Armlänge Abstand auf mindestens 1,5 Meter ausgeweitet.
KKK, König Karamellzahn Karl, deklamierte diesen Erlass. Wer sich widersetzte oder dagegen sprach, das Kotfit 19 (der letzte Scheiß), schuld an allem Leid war, wurde als „Schwurbler" hart bestraft.   >>>>>>>>>>>>>

Sie entließ ihre flache Faust, die sich wahnsinnig schnell von links näherte, und dem Svenney das Ohr traf.
Dieses schwoll sofort an, auf die Größe einer Gummibettflasche und sah unschön aus.
„Welches Temperament, was für eine Eile und gleich hier".
„Wartet doch wenigstens bis wir in meiner Kammer sind, wenn ihr auf das von mir angedeutete Vorspiel keinen Wert legt und gleich zu Sache kommen wollt. Woher kennt ihr meine geheimsten erregenden Vorlieben?"
Fragte Svenney, bevor er hinzufügte,
„Es in der Öffentlichkeit zu tun gehört zwar nicht dazu, aber für euch ...."
Flaaaaatsch, das andere Ohr ähnelte dem Ersten, es sah aus wie eine Bettflasche.

Da trat ein Smith aus Gatwick, in die sich
dem bildhaft denkenden Leser, entstehende
Szene und sprach den Svenney an.
„Ihr seid ein Rüpel skandierte er, ein
ungebildeter ohne jede Manieren".
Auf Manieren reimt sich Nieren und genau in
die bekam er vom Svenney einen Tritt. Jener
der von Konversation, die auf eine Klopperei
hinausläuft, wenig hält und lieber gleich zur
Sache kommt, dem Schlagabtausch.
Der erste Tritt schien nur leidlich zu wirken,
so gab er seinem innersten nach, er holte zu
einem zweiten Kick aus.
Dies lies Smith aus Gatewick, einige Oktaven
höher singen.
Den dieser Tritt zielte nicht nur leer drohend,
sondern er landete vernichtend, genau in den
Kronjuwelen.
Welcher sich Smith schon sicher wähnte,
späteren Abends, der Bernadette vor das
Gesicht zu halten.
Was ihm immer Spaß machte, und die Lady
dazu zwang, ihren Mund wenigstens eine
Weile zu halten. Die Damen wissen viele
Weisheiten, wie „Ladys kneifen sich, Huren
benutzen Rouge" und das man mit vollem
Mund nicht spricht.

Da lag er, Smith und „jubilierte", während
beide Hände in seinem Schoß, zu verhindern
versuchten, dass der Beutel platzt, in dem er

seine Männlichkeit mit sich herumschleppt.
Aber nur bis zu diesem Tage, denn es war zu
spät.
Die Macht des Stiefels.

Doch jetzt kamen andere, welche die den
Smith kannten und mochten.
Fremde Leute, die Bernadette in Gefahr sahen
und Typen aus Gatewick, die irgendeine Art
von Solidarität zur Schau tragen wollten.
Dazu, welche die keiner Klopperei aus dem
Weg gingen. Bald schon war ein wüstes
Gemenge, vor allem von Fäusten, Händen
und Tritten von Füßen im Gange.
Nasen brachen mit einem Elan, wie
Schnittwunden bluteten, man war nicht
zimperlich und kein Waffengesetz regelt
irgendwelchen Besitz. Man setze ein, was es
gab und so mancher, hatte sogar einiges zu
bieten, an Artillerie und schwerem Geschütz.

Zum Glück hatten die Chinesen im 13
Jahrhundert, ein Rohr mit einem runden Loch
erfunden. Mit dem man Feuerwerkskörper,
die man ebenfalls in China entwickelt hatte,
verschießen konnte. Aus dem ergab sich 100
Jahre später, das erste Gewehr. Dieses Wort
entstammte dem altdeutschen „weri", was so
viel wie Befestigung oder Verteidigung
bedeutete. Durch Kollektivbildung entstand
daraus das Giweri und aus diesem das

Sammelwort Gewehr, das zu oft mit Gewähr verwechselt wird. Wenn ein gut platzierter Schuss durchaus die Gewähr gab, dass der Getroffene aus dem Leben schied.

Zum Glück deswegen, weil Handgemenge unendlich lange Dauern und ich jetzt hier die boing Patsch, smeeeerl Laute schreiben müsste, um dem Gemenge eine gewisse plastische Bildsprache zu geben. Damit der geneigte Leser sich nicht langweilt. Da dies kein Comic wird und mir Disney sicher nicht, Paris, Rom oder wenigstens Warnemünde als Gegenleistung für meine Buchrechte anbieten wird, erzähle ich die Geschichte eben richtig und die verläuft so.

Es klatsche fröhlich weiter, es wurde geflucht, gedroht und so mancher Knochen, gab derber bis roher Gewalt nach und brach mehr oder weniger sauber. Arme wurde gedreht und einige Schädel gespalten, während die Band die den Barden abgelöst hatte, munter als wäre gar nichts, weiter vor sich hindudelte. Die Klopperei kam heute recht spät und man war froh, dass sie da ist. Selbige ist ein wichtiger Bestandteil dessen, was man künftig Entertainment nennen würde, hier aber das Programm war.

Svenney hielt sich recht wacker und tapfer stellte sich schützend vor seine Liebste. In dem festen Glauben, dass der Dank, den er in ihrem Herzen anhäufen würde, sicher der

Grund sein wird, die nächste Nacht und den darauffolgenden Tag und und so weiter nicht schlafen zu können. Weil das, was sie ihm als Danksagung zum Geschenk machen wird, sicher allerfeinster und abwechslungsreicher brutaler Koitus sein wird. Der so Gott will, in keinem Interruptus enden wird, was dumm wäre, vor allem wenn der Akt der Begierde erst wenige Sekunden alt ist.

Aber Svenney Erfahrung lehrten ihn, dass der Koitus, oft Abbrüche erlebt. Weil entweder seine Erektion schnell zusammenbrach, oder ein Eruptus in Samenform, die extrem vorzeitig seinen Weg fand, das Liebesspiel abbrach. Weil ein Mann dessen Patrone gezündet hat, keinen Gedanken verschwendet, sich anzuschmiegen, das Wort Kuscheln überhaupt nicht kennt. Der nach seinem Erguss am liebsten nur eins zu Wege brachte, sich umdrehen und einschlafen. Alles andere währe unredlich und ein Vorspielen falscher Tatsachen, was den betroffenen Damen später Herzensleid bescheren würde.

Findet die Begehrte heraus, dass das Nachspiel nur geheuchelt wurde, um ein weiteres Vorspiel zu generieren, kullern die Tränen oder starten eine Diskussion.

Dabei wissen alle Männer, dass bescheiden, wie wir sind, weder das vor noch das Nachspiel, eine Bedeutung hat.

Die Dame, die man eben beglückte, ein
gehässiges Lächeln entfährt, ob des
zusammensinkenden Lümmels. Dessen
Härtegrad nicht mehr ausreicht, um kraftvoll
in die Lenden der Lust zu versinken.
Besser ist, eine berserkerhafte Potenz
vorzugaukeln, oder dessen Patrone so früh
das Pulver verschoss, dieses gehässige
Lächeln, das Svenney dann mit einem
„Passiert Dir das öfter"vom Antlitz der soeben
geschändeten wischte und ihr die Stellung,
die sie damals als Frau hatte, deutlich macht.

Bernadette kannte Keile, Hauerei diese
männliche Balzrituale, die zu dieser Zeit oft
darin bestanden, dass Männer als Freier an
die Tür ihres Schlafgemachs pinkelten. Eine
Sitte die später Hunde übernehmen werden,
aber zu welchen Zweck ist ebenso fraglich
und ungewiss, wie das urinieren an Türstöcke
verehrter Ladyschaften.
Es ist kein Fall bekannt, in dem eine junge
Dame sich vom Urin eines in der Brunft
befindlichen Verehrers angetan fühlte.
Auch wenn später im 21 Jahrhundert Filme
mit dem Arbeitstitel, „angepisst" oder „the
golden Shower" erscheinen die frech das
Gegenteil behaupten.
Ebenso wie der obszöne Text eines
schrulligen Barden aus Illinois der es so in
den Raum stellt,

So I went out 'n' bought me a leisure suit
I jingle my change, but I'm still kinda cute
Got a job doin' radio promo
An' none of the jocks can even tell I'm a homo
Eventually me 'n' a friend
Sorta drifted along into S&M
I can take about an hour on the tower of
power
'Long as I gets a little golden shower

und sich von den Tantiemen seinen
Geburtsort und eine Gitarrenfabrik kaufte
und dann gar nicht dort leben wollte und
Frank Zappa geheißen hat, wie es auf seinen
Schallplatten heute zu lesen, steht.

Sorgen mache ich mir um den Begriff Eau de
Toilette, den Männliche sich gerne hinter die
Ohren schmieren. Gerne, sich sonst damit
überschütten, angeblich um nach der Rasur
die Haut zu desinfizieren. Eher aber weil es
besser duftet, als der eigentliche Kerl.
Eau aus dem Französischen, bedeutet Wasser
Toilette und was kommt in einen Lokus
hinein?
Es erklärt, warum die Wässerchen von Lager
Geld oder diesem KlooP so entsetzlich schwul
nach, Sex auf einer öffentlichen Toilette

riechen. Einer Mischung aus Sperma das aus einem soeben penetrierten Darmausgang, röchelnd um Luft flehend in eine Pfütze Pippi fällt.

Ein Knall, dann 2 und ein dritter war zu vernehmen. Wobei einer davon die Klopperei und das Leben eines dummerweise in der Bahn des Projektils Sitzenden, welches den Lauf des Gewehres verließ, zu Ende brachte. Vereinzelt beendeten einige Fäuste die Distanz von wo sie losgeschickt und wo sie dann einschlagen sollte. Gefolgt von einem Geschrei oder Fluchen.

Aber an sich kam Ordnung in das Gemenge. Svenney, der sich beschützend hinter Bernadette gestellt hatte, und zwar sich selbst schützend, kreiselte herum und nahm sich seine Angehimmelte und suchte in ihrem Blick, die Anerkennung, die er zweifellos verdient hatte.

Die beiden Ohrfeigen, welche ihn aussehen ließen, wie den indischen Gott der Artisten und Kreativen, Ganesh von dem ich schon berichtet habe, hatte er längst vergessen. Er verlor sich lieber in dem Schönheitsfleck, der einen mächtigen Busen zierte und der von ihm alleine geschaffen worden ist. Zum Nachteil eines Barden, dem heute nicht sein Glückstag zu sein schien.

Allerdings machte die Lippenvergrößerung,
die grausam schmerzte und die aufgeplatzte
Oberlippe, in der ein Schneidezahn hing, ihm
zu schaffen, und zwar gewaltig. Zum Glück
würde dieser Schmerz sich schon bald legen,
wie ich euch zu erzählen kann. So sollte man
den Barden beglückwünschen.
Nur nicht zu arg, denn der Umstand, welcher
zu dieser völligen Befreiung der Schmerzen
führen soll, kostet einiges. Diesem Barden das
Leben.
Den die Kugel die nicht ausgelegt war Bögen
zu beschreiten, sondern immer geradeaus wie
ein hehrer aufrichtiger Gedanke, dachte gar
nicht daran, vor dem Barden zu bremsen.
Vor allem deswegen, weil eine Kugel ein
dummes Stück Blei ist. Nicht fähig über
irgendetwas nachzudenken, unfähig zu
stoppen.
Die von solchen Kugeln getroffenen indes,
stoppten automatisch, und zwar konsequent
alles.
Sogar das Leben.
So wie hier und jetzt, eben den Barden.
„Er lebt noch er lebt.... helft ihm".
Schrillte die Stimme der aufgebrachten
Bernadette, die dann hilflos ansehen musste
wie Svenney dem Barden zu helfen gedachte,
indem er seinen Schädel zertreten wollte.
„Warum soll er leiden?"

Fragte der O`Shea und beneidete den Barden, den Bernadette auf ihren Schoss gebettet hatte, sein Gesicht streichelte und ihre Auslagen über seinen Kopf hängte.

„Er weiß wo ein Schatz ist, zischte sie ihn an, er hat eine Karte, hat er mir gesagt. Er weiß wo der erste Schlüssel ist und Hinweise zu finden, bevor er mir alles sagen konnte, habt ihr hier eine Keilerei veranstaltet und nun ist alles verdorben, ich hasse euch."

„Nana, nicht so stürmisch ein bisschen müsst ihr euch gedulden Liebes, ich mags nicht so hier in der Öffentlichkeit, lasst uns ..."

„Blöder dummer, Depp".

Herrschte sie ihn deprimiert an, Dich lass ich nicht mal an mich, wenn man euch, mir nackt auf den Bauch binden würde.

Ein Gedanke, der Svenney zu reizen begann. Machtlos, eifersüchtig musste SoS ertragen, dass die Liebste, seine Bernie, wenn sie auch nicht die seine war, aber alleine das er sie als diese, seine Bernadette wollte, reichte aus, so intensiv für sie zu empfinden, dass Eifersucht seinen Magen entleerte. Da er hilflos ansehen musste, wie seine Angebetete diesen fiesen Mann an ihrem Busen wogte, ihn herzte, sich zu ihm beugte, übermannte ihn die Eifersucht.

Bernadette hielt ihr Ohr an seine Lippen und für Svenney war es unerträglich. Wie er der

Siechende, an diesem Ohr, das ihm gehört
oder zumindest gehören würde, wenn er
Bernadette erst willig und hörig geritten
hätte, zu knabbern schien, es liebkoste,
abscheuerregend, es anzusehen.

Eine Ewigkeit für den leidenden Svenney,
dem sich ein Hohnlächeln ins Gesicht schlich.
Das zu seinen schrecklichsten Grinsen
gehörte, dass er jemals gegrinst hatte, als er
sah, dass der Barde zu beben und zu Zucken
begann, was sein nahes und rasches Ende
andeutete.

Wie das Zucken und Beben das Beenden
vorhersehbar machte, so beendete es das
Leben des Barden, sanft. Nur mit Ausnahme
der spastischen Schüttellähmung und das der
Schmerz ihm die Augen aus den Höhlen trieb
bis eines nur am Sehnerv, seitlich aus der
Augenhöhle hing.
Der Schaum vor dem Mund, der von Blut
abgelöst wurde, das sich aus der Leibeshöhle
durch die Kehle wand und für Umstehende
erfreulich, dieses furchtbare Röcheln und die
Schmerzlaute, sanft erstickte. Weil ein
Teppich blutigen Schaums sich um diese
grässlichen Laute legte und diese abwürgte.
Ein letztes rollen mit dem verbliebenen Auge.
Das andere zuckte am Sehnerv, ein Mal auf
und ab, da war er dahin.

Rüde ergriff Svenney die sterbliche Hülle und schleifte den Kadaver angewidert zur Tür, „Du kommst meiner holden nie wieder so nahe, du Kanaille".
Öffnete die Tür und achtete, das der Leichnam in tiefen Dreck fuhr und dort liegenblieb.
Er ging forschen Schrittes ins Wirtshaus hinein, auf seine Bernadette zu, die unter Schock zu stehen schien. Er sprach zu Ihr, „Sorge Dich nicht mein Kind, mir ist nichts passiert, Du bist gerettet dieser wüste Hurensohn, wird niemals mehr seinen Mund in Dein Ohr stecken, dich belästigen ...".

„Halt endlich den dummen Mund, Du verblödeter, primitiver Versuch, einen Menschen darzustellen."
Worauf Svenney nur erleichtert das seine Göttin, wieder nur für ihn lebte, trillerte.
„Wie schön wir sind beim DU, das spart Zeit. Komm Schatz, ich bin so gespannt, welche Kammer ich mit Dir teile. Die Deine oder die meine, es ist gleich, aber da man mir keine zugewiesen hat und ich daher nicht auf das eigene Gemach bestehe, gehen wir zu Dir."
Bernadette aber ignorierte das Angebot, weil es nicht verlockend war oder die Situation im Moment doch eine recht Unangenehme darstellte.

3. Der Plan

„Ich muss mit Dir Reden Dummkopf".

„Komm, lass uns an einen Tisch gehen, wo niemand leicht belauschen kann, nicht zu nahe an der Musik."
 Die fortwährend, als sei gar nichts, geduddelt hatte.
Svenney der tatkräftige und entschlossene Damen anziehend fand, obgleich er sie lieber ausziehen würde, folgte ihr und so nahmen Sie Platz.
Die energische Frau kam sofort zur Sache, was Svenney durchaus gefiel, aber dann schnell in Missfallen umschlug, weil sie nicht zu der Sache kam, die ihm vorschwebte.
Stattdessen zu der Angelegenheit mit dem Minnesänger.
Sie zwang ihn, zuzuhören, über das, was der Barde zu ihr gesagt hatte. Vor allem den Text des Liedes, das er des Abends immer besang. Dass ihm niemand glauben wollte, dass jeder den Sänger für völlig bescheuert hielt. Ein Gedanke an dem Svenney gerne Zustimmung geäußert hätte, währe Bernadette ihm nicht mit einem strafenden Blick zuvorgekommen.
Sie erklärte dem O´Shea alles, was sie schon vor diesem Besuch im Antrim heraus gefunden hatte. Dass der Barde der Grund für Ihre weite Anreise war, eine Mitteilung, die an

Fülle und Inhalt so gar nicht in Svenney Ego
passte, denn er wäre gerne sicher, das sie nur
wegen ihm hier war.
Woher immer sie wusste, dass er heute Abend
hier sein würde, um nur sie hier zu treffen.

Er hatte das vorher ja nicht ahnen können,
was das Ganze so speziell machte.
Es war etwas Besonderes, woraus man nur
schließen konnte, das sie für einander
geboren waren.

Bernadette, lies nichts aus, auch wenn Sie
wenig Hoffnung hatte, das Svenney doch
zuhörte, sich interessierte oder zumindest
verstand, was Sie zu sagen hatte.
So erklärte sie alles erneut und immer wieder,
ebenso oft, wie sie das Gefühl hatte, bei SoS
kam gar nichts von dem an. Was leider
stimmte und oft vorkam.
Bernadette schüttelte Svenney, damit er sich
endlich konzentrierte.
„Zum Lektor, wir müssen zum Lektor"
wiederholte sie sich.
„Gerne würde ich an eurem Tor lecken, aber
findet ihr das schicklich hier mitten im Saale".

„Au, das tut weh," Svenney meinte 5 Finger,
die einen Abdruck auf seiner Wange
hinterließen.

„Der Lektor, der Barde sprach von einem Mann, der den Durchblick hat, den Plan von dem Ganzen.
Er weiß wie jedes zusammenhängt, er hat Ahnung wie alles verläuft, wie das Leben funktioniert und wieso es endet. ER der Lektor gab dem Barden das wissen, das er mir nicht mehr anvertrauen konnte, weil Ihr dummer Kerl, eine Hauerei inszenieren musstet."
„Ich habe euch nur verteidigt, Teuerste, mein Leben eingesetzt".

„Haltet den Mund und hört zu".

„Ach wieso wieder so förmlich, wir waren doch schon beim Du".
Bernadette verdrehte die Augen und sprach geduldig, wie eine Pflegerin in einer Irrenanstalt, die auf ihren Patienten einspricht. Nur bei Svenney war das schwieriger.
„Es gibt einen Schatz, einen Mächtigen. Nicht nur Gold Silber und jede Menge Geschmeide und Scheffel voller Geld.
Auch Tränke, die heilen, die sehend machen, die verjüngen.
Salben und Cremes, die einen schöner Aussehen lassen. Balsam für die Lippen, um diese zu färben."
Bernadette zählte all diese Dinge auf.

Dinge, die später einmal von hysterischen Amerikanerinnen, präsentiert werden, während sie an einem Tisch stehend, Waren präsentieren.

Während unter Ihnen Einblendungen zu lesen sind, die eine fiktive Menge anzeigen. Meistens aber nur noch wenige verbleibende Stücke annoncieren, was den schwindenden Vorrat versinnbildlichen soll.

Außerdem um den Anreiz schaffen, einige dieser vermeintlich schon bald vergriffenen Waren, käuflich zu erwerben.

Während über einer weiteren Einblendung einer Bestellhotline eine Frau mit diesen grässlichen Tinkturen beschmiert, betupft oder komplett zugekleistert wird.

Derweil die 2 Hyänen an dem Tischchen das alles sooooo waaaaaaahnsinnig, fanden.

Keine lies sich davon abhalten, die Einmumifizierte, die eingeblendet war, unablässig zu kommentieren.

Das ganze mit vielen Gesten und rollenden Augen untermalend. Was demjenigen der zufällig in den Shoppingkanal zappt, entweder mitreißt, wenn es sich um eine Frau handelt, oder komplett irritiert weiter schalten lässt, weil es sich um einen Mann dreht. Einen echten Macker, dieweil so manche Teeschlürfenden und halbschuhtragende Weicheier, die sich die Augenbrauen zupfen, Lidschatten auftragen und tuntig wirkten, was daran lag, dass sie stockschwul oder „Gäähn gendert" sind, sich solche Sendungen klaglos bis begeistern ansehen.

„Also Gold und Gedöns", fasste Svenney zusammen,
„das liegt irgendwo und der Barde hat den Schlüssel für die erste Türe. Den Hinweis und so weiter, leider hat er ihn aber einer Mama San gegeben, die eine Puffmutter ist, als Pfand für die Zeche, ist das so?"

„Richtig" bekräftige die Bernadette.
„Ich soll jetzt diesen Schlüssel von der Nutte holen und dann das Schloss finden, in das er passt. Danach immer weiter in die Welt latschen und einen nach dem anderen Hinweis suchen, am Ende den Schatz finden?"
Bernadette war erstaunt über diese scharfsinnige Zusammenfassung, die zu einem gewissen Grade stimmte, Sie äußerte sich lobend, was Svenney mit einem wissenden Lächeln quittierte.

„Zuvor aber, müsst ihr"...
„Du" unterbrach der O´Shea,

„gut musst Du, Svenney.."

86

„mein lieber geliebter Schatz Svenney"
verbesserte der SoS.

„Wirst Du," wiederholte Bernadette.
„Zum Lektor, der hier in Antrim ansässig ist
und von dem Du alles erhältst, was Du für
deine Nachforschung brauchst gehen und
vorsprechen."

„So richtig Lust habe ich aber gar nicht, was
soll ich mit einem Schatz, den ich erst suchen
muss, wo ich den meinen doch schon
gefunden habe" , flötete er charmant und
rollte zur dramatischen Untermalung mit
seinen Augen.

„Du kannst beide haben", versuchte es
Bernadette erneut.
„Den anderen Schatz wirst Du brauchen, um
mich aushalten zu können, glücklich zu
machen, denn ich möchte mich nur dem
hingeben, der mir die Welt zu Füßen legt".
Hauchte sie theatralisch.

„Ich dachte bisweilen, würde ich mich vor
eure Schuhe legen und ihr könnt auf mir
herumtrampeln. Über mich laufen, vor allem
am Rücken, da habe ich Verspannungen und
ich würde gerne versuchen, ob die sich
lockern, wenn sie diesem ausgesetzt sind."

„Ach mein Lieber, Entspannung die sollt ihr haben in jeder Art und Weise, wenn ihr mir helft. Besser im Fall, dass ihr diesen Schatz für mich findet".

Worauf Svenney erneut dämlich dreinblickte, was er trefflich beherrscht.

Der O´Shea wurde langsam schwach und ihm gefiel der Gedanke, ein Held zu sein, der er zwar schon wahr, welcher für seine Herzdame vieles auf sich nehmen würde. Svenney war ein hoffnungsloser Romantiker.

Vor allem dämlich, was gut zusammenpasste und für eine solche Mission von Vorteil ist. Mut und Stärke wäre besser, aber manche Helden müssen mit dem auskommen, was sie haben. Oder was ihrem Schöpfer dem Autor so einfällt, ich erzähle ja nur, wie es war.

4. Zarter Bande, der Liebe entspringend, sich knüpfen.

Der Abend war ein langer und erneut
verlangte es dem Helden nach einem Mahl
und Wein. Bernadette zog kräftig mit.
„Lass uns feiern mein Lieber".

„Liebster" verbesserte Svenney,
„Geliebter wäre mir genehm."
Ein Spruch, die wie zuvor von Bernadette
ignoriert wurde.

So feierten sie, becherten, schenkten nach
und tranken zu viel. Es kam die Stunde, wo
beide zu Bett wankten.
Die zwei waren mehr schwankend, als stabil
und bei Sinnen, sowie Verstand und so kam
Svenney zu seinem Nachtlager bei seiner
geliebten Bernadette, die er sowas von über
alles liebte..
Und für sie fühlte, wie es nur Verliebte so
Tun. Die Liebenden, die schon mehrere
Stunden beieinander waren, nachdem Sie sich
zum ersten Male in Ihrem Leben begegnet
waren.

Der Weg nach oben, in der Herberge des Antrim war steil. Ganz der Gentleman lies Svenney die schöne Frau vor ihm aufsteigen, um Sie, sollte sie stürzen, auffangen zu können. Aber zudem weil er sich einen Blick unter den Reifrock ergattern wollte, was ihm sogar gelang.

Voller Vorfreude oben angekommen nahm er Bernadette in seine Arme. (Das schreibe ich jetzt für die weiblichen Leserinnen, weil ich weiß das diese so etwas erwarten und lesen wollen.

Anstelle der Wahrheit, die männlicher ist, derber, direkter und wirkungsvoller.

Der Galan hob sie auf und trug sie über die Schwelle der Türe zu ihrem Gemach. Er hätte es lassen sollen, den der Zimmermann kannte ja beim Einbau der Tür die Maße von Bernadette nicht. So fertigte er die Tür eben eher kostengünstiger, dafür schmaler an. Was dazu führte das Madame, mit dem Kopf etwas heftig an den Türstock schlug.

„Auuuuuuuuuuuua pass doch auf Du, Trottel blöder".

„Keine Sorge" beruhigte Svenney sein Herzblatt sofort.

„Alles bestens in Ordnung, der Türstock hat nichts abbekommen."

Mit einem beherzten Schwung, der Männlichkeit und Stärke sowie Überlegenheit

demonstrieren sollte, passierte er den
Türstock.
Den Schwung hatte Svenney aber aus einem
Bühnenstück, das in einer schwieligen
Spelunke mit zweifelhaften Gästen aufgeführt
wurde, abgekupfert.
Der Schmackes war aber nicht halb so
männlich, kraftvoll und überhaupt nicht
überlegen. Weshalb die Bernadette nicht auf
das Bett aber knapp davor niederlegte. Diese
nur ihren Reifröcken, den Rüschen und dem
ganzen Gewese, das sie umhüllte, verdankte
nicht querschnittgelähmt zu sein oder die
Hüfte gebrochen zu haben.
„Mein Schatz, mein liebster Schatz, geht es
Dir gut?" Fragte Svenney sofort und
bekümmert.
„Wieso bremst Du in der Luft, hattest Du
Angst meine Stärke, die ich Dir offerierte,
würde Dich bis über das Bett hinaus ans
Fenster tragen?"

„Helf mir hoch, Du Depp" ...
Eine Aufforderung der SoS recht schnell und
emsig nachkam.

Da lag sie auf dem Laken und Svenney
begann sofort damit sie aus zu packen. Zuerst
gezierte Bernadette sich.
Aber in Anbetracht dessen, dass sie
realisierte, der SoS würde niemals, nie und

nimmer kapieren, warum er das lassen solle. Der Tatsache das der Alkohol sie gleichgültig und geil gemacht und sie gar nichts gegen einen guten, kernigen Fick einzuwenden hatte. In Wahrheit sogar für heute Nacht einer geplant war, mit einem Gentleman namens Smith. Der Svenney in jeder Hinsicht übertraf, vor allem Benehmen und Anstand. Ganz deutlich der Gesamteindruck, das Aussehen und so lies sie es geschehen. Der Versuch von O´Shea, sie aus ihrer Kleidung zu befreien.

Mit Ihrer Hilfe und ausschließlich dieser gelang es Bernadette vorteilhaft unbekleidet, bis auf etwas Spitze die mehr zeigte, als sie verbarg, sinnlich auf dem Linnen zu fläzen. Dabei Ihre Vorzüge im eindringenden Mondlicht zu reflektieren.

Vor allem 2 Reize, einen mit „Schönheitsfleck" entlocktem dem Svenney einen Laut, der ihm entwich, nachdem er seinen Kopf in den Nacken legte. Das Gesicht zum Mondlicht er wandte und dann ein Booooooooooouuuuuuuuuuuuuuuuuuuuuuuh bellte, das jedem Wolf in 30 Meilen Umkreis mitteilte, das einer der Ihren, in seine Klöten geschossen bekam.

„Komm zu mir" lockte das ewige Weib. „Nimm mich, mach es mir, zu Deiner Gespielin, Lustsklavin oder was Du willst, aber tue es jetzt."

Er sprang zu der Angebeteten, betrachte die beiden Gebirge, auch das Tal, das zu einer Senke wurde, dann in einen Busch mündete. Dieser auf einem Venushügel stand und von dort ein Tal bildete. Indem ein süßer Quell darauf wartete von Svenney Zunge gefördert zu werden, dabei etwas aufzunehmen, dass in dem Lüstling erwartungsvoll anschwoll.

Bernadette begann zu beben, Svenney sie anzuheben. .... das Linnen sauber beiseitegebracht, legte er sich neben sie, sprach.

„Liebste Maid, mein. Du wirst mich jetzt längere Zeit nicht sehen, weil ich dich von hinten nehmen werde," was der Bernadette zu Pass kam, denn sie müsste dann nicht in sein dümmlich vor Geilheit entstelltes Gesicht schauen müssen.

Er drapierte sich hinter Bernadette und flüsterte, ich mache es Dir die ganze Nacht ... und schlief sofort ein.

Die Lustvolle in Erwartung und einer Duldungsstarre verharrend, die später im 21 Jahrhundert, eine gewisse Theresa Orlowski, bekannt machen würde. Spürte den Eindringling, der sich als ihr Ring und Mittelfinger, und zwar der eigene outete.

Aber sein Werk merklich vollbrachte.

Während Svenney von Titten, Tälern, Vulven träumte, die er real versäumte.

Er phantasierte und wie er so da lag und sich wohlfühlte, tat Bernadette ihr bestes, um den Schlaf zu finden, sich dazu winden und Erleichterung um sich wohl zu befinden. Es gefiel ihr fast besser, als sich von diesem übel riechenden Kerl, der zu besoffen war, um in den Zuber zu steigen, befingern zu lassen, und so wurde ihr Antlitz erst weich,

95

Dann lächelte es, verspannte sich, um jene Ektase anzuzeigen, die in so manchem Weibe tobt, wenn die Lust über sie kommt.

In diesem fortgeschrittenen Stadium schaute sie mal beiseite und sah, der O`Shea hatte seinen Spaß. Zumindest zeigte die Zentrale Zeltstange, dass in der Manege unter ihm der Tanz begonnen hatte.

5. Erwachen, erwarten und Gedöns

Rumpel die Bumpel, die Boller ab und zu ein Hüüüaaa, drang zu dem im Schatten liegenden Svenney durch.

Eben hatte er die Liebste beglückt und das mehrfach, er hat sie gepfählt, geschändet nach Ihrem Verlangen. Er tat ihr allerlei an, aber lies mehr mit sich anstellen und sagte nie nein, egal was dieses tolle, sexbesessene Weib ihm abverlangte, im Gegenteil er gab immer eine Zugabe.

Selbst als Bernadette plötzlich einen Zwilling eine 100% Kopie ihrer Person in die Lustwiese warf, pflügte Svenney beide Äcker und brach die Schollen. Es war ein Gebebe, ein Gewusel, eine wahre Sauerei, die beteiligten Körper sonderten allerlei Säfte und lockende Düfte ab.

Svenney nahm sie gierig auf und bedankte sich im Absondern der seinen, gütlich.

Es war ein Gestose, ein Gerammel, beben, zittern auf allen Ebenen und als Bernadette plötzlich, ihre Mutter und eine Nichte zu der Orgie lud, wurde es so richtig flott.

Aber was ist jetzt?

Wo bin ich, wo ist Bernadette, die heiße Zwillingsschwester, die anderen. Wo ist der eigene Verstand, meine Erinnerung, fragte sich der O´Shea und beschloss, zur Orientierung mal die Augen aufzuziehen, nachdem er festgestellt hat, das diese verschlossen sein müssen.

Das sollte sich als eine gute Idee herausstellen, denn Svenney wurde sich gewahr, dass er der Orgie entfleucht sein musste. Den er befand sich in einer Kutsche und das Antrim war nicht mehr aus zu machen. Dafür aber ein holperndes und polterndes, sich schüttelndes Zimmer und Svenney fragte sich, ob er immer noch im Liebesakt beschäftigt war. Ob die Orgie lief und er in einen zentralen, höheren Zustand eingedrungen war, von dem ihm sein indischer Hindu Freund, Naku Abudalabinrassa immer erzählt hatte. Irgendein Kamasutra oder so.
Svenney beschloss, dass es genau so sein würde, und tastete sich zwischen seine Beine vor und befühlte den Zustand des Seins. Welches sich als erbärmlich darstellte, mit der anderen Hand erfühlte er etwas mächtiges und begriff, das es gewaltige Kopfschmerzen waren und eine Beule, von der alleine man, sich solches Schädelkreisen aber nicht vorstellen könne.

Erneut rief er sich den Einfall, die Augen zu
öffnen, ins Gedächtnis zurück und stellte fest,
das er dieser Eingebung bisher doch nicht
gefolgt war.

Mit Mühe aber dennoch heroisch, gelang es
ihm. Erneut stellte er fest, dass er im Inneren
einer Droschke, eines Gefährts sein müsste
und fragte sich, wie er dort hineinkam.
Während er sinnierte über dieses und jenes,
kam die Kutsche zum Stillstand. Svenney
freute sich darüber, denn für ihn bedeutete
es, seine Kopfschmerzen seien vorüber. Er
müsse nur die Augen aufmachen und er wäre
in der Kammer im Antrim und würde das
wunderliebliche Antlitz der Bernadette
erblicken sogar doppelt und wer weiß, wie es
einen Verlauf geben könnte, dem er jetzt
zugetan wäre.

Statt der Augen wurde die Kutschentür
geöffnet und ein rüder Geselle griff sich des
Svenney Bein und zog ihn aus dem Wagen,
schüttelte ihn sanft bis herzlich und plärrte
ihn an.

„Aufwachen. LOS wach endlich auf, du
Schmock."

Dieser kam zu sich.

„Wer seid ihr, was wollt ihr, wo bin ich"???

„Der Kutscher, ihrer Gnaden Fräulein
Bernadette, dies ist Ihre Kalesche und ich soll
euch fahren".

„Wohin fahren, was war denn geschehen, ich erinnere mich gar nicht, ist etwas passiert".
Der Kutscher dachte kurz nach, über das, was passiert war, und lächelte zufrieden, ein höhnisches Lächeln.
Was war denn geschehen? Wird sich der geschätzte Leser, jetzt fragen und das ist gut so.
Nichts tut ein Erzähler lieber, als das Interesse das er geweckt hat zu befriedigen. Auf das der Leser dem so gutes widerfuhr, gleich das Googeln beginnt. Ob sein Autor der ihm so gewillt, mehr Machwerke erzeugte, die er käuflich erwerben würde, was wiederum dem Autor gut gefiele, ebenso wie es ihm gefällt, wenn geneigte Leserschaft andere in den Bann der Geschichte treiben. Die absolut gewillt sind, nicht etwa ein gelesenes Exemplar dieser Story hier erneut zu benutzen, sondern sich selbst eins kaufen.

Was war passiert?
Ich könnte sagen, äätsch habe gar keine Lust mehr zu erzählen. Dann wäre hier jetzt Schluss, nur müsste ich das bisherige ebenfalls wegwerfen, 97 Seiten sind kein Buch, nicht mal ein Büchlein. Ich bin beim Korrekturlesen. Diese Zeilen tippe ich, nach dem ich dies Kapitel hier erzählt habe. Wozu hat man einen Lektor, wenn alles selbst gelesen werden soll. Macht er aber nicht, hat

mal angefangen und dann keine Lust mehr gehabt, oder zu beschäftigt. Ja das passiert, wenn man einen Band im zweiten Kapitel beginnt, aus Spaß und dann mehr davon bekommt und daraus ein eigenes Buch machen will.

Aber ich habe den Anfang ja erzählt, Svenney die Bernadette und der Barde, eine echte Story, passt alles zusammen bis jetzt. Schatz und Schlüssel, das zu finden und verbinden, irgendwann Happy End, das erwartet man ja, bei Helden.

Was würde der geneigte Leser denken, wenn er jetzt schon wüsste, dass in den nächsten beiden Büchern, dieser Reihe, alles Erdenkliche, aber undenkbare passiert, außer das der Hero an den Schlüssel kommt?

Sicher erwartet der eine oder andere von der geneigten Leserschaft, dass in diesem Buch die ersten Rätzel gelöst werden, diejenigen von euch können hier aufhören, weiter zu lesen.

Als der Erzähler habe ich einen Vorteil, sollte man denken, den der Autor weiß wie es weitergeht, er blickt in die Zukunft, so zu sagen!

In Wahrheit aber, bin ich meistens ebenso überrascht über das, was mir eingegeben wird, dass ich niederschreiben soll, wie ihr beim Lesen. So perplex, dass ich dann wie jetzt in der Durchsicht, ganze Texte lösche. In der Frage, wie konnte es zu so etwas kommen? Aber so macht das Schreiben Spaß, wenn es fließt, das ist dann wie selbst zu Lesen. So, jetzt geht es weiter, die Lücke ist gefüllt.

6. Was geschah mit Svenney O'Shea?

Lassen wir das und kommen zu etwas völlig
anderem, O'Shea und Bernadette.
Wir erinnern uns, das Antrim ein wüstes
Gasthaus. Eine schöne Frau reinen Blutes und
edelster Herkunft, trifft auf unseren Helden.
Und wie man es erwartet, habe ich die
Geschichte so gebogen, dass sich beide
näherkamen, so nah wie es eine gemeinsame
Kammer und ein geteiltes Bett, gepaart mit
Wollust ermöglichen.
Doch anstatt den dargebotenen Acker zu
bestellen, ihn zu pflügen und zu begießen,
schlief unser Freund schnell ein.
Der Acker war sich selbst überlassen, was
diesem zuerst nichts ausmachte. Da in der
Selbstbestellung erfahren, sich dann aber
erinnernd, das man ja nicht zu Pferde,
sondern mit der Kalesche angereist war.
Diese wiederum wurde von einem Kutscher
gelenkt, der ein wahrer Adonis war. Dazu
über üppiges Ackergerät verfügte, dessen die
Bernadette sich schon oft und gerne bediente.
Und dies wieder als eine gute Idee empfinden
würde und es somit umsetzte.

Bevor sie aufstehen konnte um nach ihrer Kalesche zu sehen und dem Adonis, der aber anders hieß, Ashton der Kutscher, zu sich zu holen, stand dieser schon vor dem Bett. In Sorge, da er seine Herrin nicht finden konnte, im Schankraum nicht, und nicht anderswo, er eine Stunde vor dem Gemach seiner Lady verharrte. Der sich nicht ein zu treten wagte, auch wenn er die Geräusche die aus diesem Zimmer drangen zuerst für bedrohlich und dann schnell als bekannt einstufte.

Weil die geübte Hand der Bernadette, so gewisses Geräusch, so manchen Laut erzeugte, ob der Kraft ihrer eigenen Stimulation.

Aber schließendlich hielt er es nicht mehr aus und er kam genau rechtzeitig und lange genug vorher.

 Bevor Bernadette kam und nun wurde er hinzugezogen, um ihres Kommen's willen.

Er sollte ihr dabei behilflich sein. Etwas, das er ausgiebig tat, während Svenney neben dem Bett auf dem Boden, auf den der Kutscher ihn geworfen hatte, weiter an seinem Zelt baute.

Dabei allerlei Unappetitliches von sich selbst und Bernadette träumte.

Kein Knarzen der Bettstatt, weder Geröchel, Gewinsel und Gestöhne, nicht mal das klatschen nasser Leibes, auf trillenden Körper. Nicht einmal gutturales Triebgeschrei, konnte den Svenney aus seiner bleiernen Schwere

erlösen. So bekam er nicht mit, dass
Bernadette nur von einem Baum gepfählt,
nicht genug erhielt, von der Lust.
Er dagegen brachte einen gewaltigen Mast zu
Stande, unter der Kuppel seines Zeltes, aus
feinem Bettlinen.
Mag es des Traumes, in dem er schwelgte
geschuldet sein oder nicht, so weckte dieser
die Lust und Phantasie der Bernadette. Die
das Zelt einriss und den Mast beäugte der aus
dem Hosenstall des Svenney, einladend auf
ihren Schoss wirkte, indem er sich wenig
später befand. Die scharfe Lady setzte sich
über den Phal und lies ihn in sich wirken,
während sie dem Kutscher die Anweisung
gab, ihr näher zu kommen und seinen
Schwanz in ihre andere Öffnung zu
verbringen.

<<So sehe ich schon den Lektor, ermahnend
mich zu sich beordern, um mir
nahezubringen, dass ich die Beschreibung,
von privaten Darbietungen, sowie der
Aufzählung ihrer Phantasien und perversen
Gelüste, der Bernadette doch bitte nicht zu
ausführlich schildern solle. Was mir als euer
Erzähler gar nicht einfällt, drum kürze ich ein
wenig ab. >>

Es ging rein und raus und so verbrachte das
Trio, einer schlafend und zwei in Geilheit

umnachtet, etliche Zeit. Bis Bernadette
feststellte, dass sie der Hintereingang und vor
allem das Begehen dieses, durch den Kutscher
angenehm war. Da der Mast, den sie eben in
ihrem Schoss trieb, seinen Dienst aufgab, sie
zu tragen. Das dadurch deutlich machte, dass
er schlaff wie eine Nacktschnecke aus ihr
heraus flutschte, sie gleichzeitig aber mehrere
Male so beachtlich gekommen war. Sie spürte
das ihre erogenen Zonen, bis 3 Meilen
außerhalb ihres Körpers reichten und sie
schaudern und beben ließen, dabei aber all
ihre Kraft kosteten. Sie so ermattet in sich
zusammensank und sofort einschlief.
 Der Kutscher aber lange nicht so weit war. Er
ist ein Barbar, ausdauernd und hart im Geben.
Welches der Adeligen ja so gefiel. Seine
Erregung und Lust war nicht zu Ende,
alldieweil außerstande seine Gebieterin zu
schänden, während sie schlief, wendete
Ashton sich Svenney zu. Das, was ich meiner
geneigten Leserschaft und zuerst dem Lektor,
an Information zumute, dass der SoS die
Schändung seiner Poperze gar nicht
wahrnahm. Dass der Kutscher nicht die
gleichen Hemmungen schlafenden Personen
gegenüber aufbrachte, wie z.B für seine
Herrin.
Irgendwann und es war schon etwas später,
erwachte Bernadette aus ihrer Erschöpfung.
Der Kutscher war soeben geräuschvoll

fertiggeworden, wischte sein Gemächt an
Sveeneys Hosenboden ab, bevor er es in
seinen eigenen Hosenlatz stopfte und dabei
einen zufriedenen Eindruck machte. Da
befahl ihm seine Herrin, den Svenney
aufzunehmen und in die Kutsche zu bringen
und damit zum Lektor zu fahren.

<<Ja liebe Leser, zum Lektor, jene Person,
welche in dieser meiner Erzählung eine Rolle
spielt. Wie sich herausstellen wird, eine
gewichtige oder gar keine, darauf bin ich in
jenem Moment ebenso gespannt wie ihr.
Dieser Lektor, von dem dieses Buch handelt,
wird ausreichend vorgestellt.
Außerhalb der Arbeit, im realen Leben, eures
Erzählers, spielt der Lektor in Ausübung
seines Berufes, eben diese Rolle. Mit
sadistischer Genugtuung, einen Autor erst zu
brechen, indem er dessen Werk zerreißt,
vernichtet, mit Füßen Tritt oder mit den
Händen würgt, nur um es dann völlig anders
wieder aufzustellen. Nach seiner Vorstellung
und somit den Autor neu aufbaut, um ihn bis
zur Fertigstellung weiterer Kapitel erneut zu
brechen. >>.

Am Lektor führt kein Weg vorbei und so wird
Svenney vor dem Geschöpf stehen, das
gescheitelt und mit Pomade, so wollfettig
glänzend, jenen Viktorianischen

Hofschranzen gleicht, denen er so trefflich nacheifert. Dabei sich wandet und deren Gehröcken oder Leibrock eine doppelreihige Jacke mit knielangem Schoß, mittels einer Taillennaht, dieser Epoche in keiner Weise spottet, eher kopiert und die Zeit wiedergibt. Doch dazu später.

Bernadette gab dem Kutscher jede erdenkliche Instruktion und bestand auf eine genauste Einhaltung. Sie unterließ es nicht, eine Drohung auszusprechen, würde der Diener diesen nicht folgen.

Ashton der Kutscher, nahm den Svenney wie einen Seesack über die Schultern und brachte diesen zu seinem Gefährt. Er holte die Pferde ans Geschirr, die zuvor grasend in der Nähe der Kutsche angebunden waren, und lies Svenney krachend ins Wageninnere fallen. Dabei beeilte er sich die Anordnungen seiner geliebten Herrin zu befolgen, die da lauteten: „Bring den Trottel zum Lektor, denn beim Lektor wird er alles erfahren, was er erfahren muss. Bevor Du ihn dort ablieferst, vergewissere Dich, das er wach ist und dann kläre ihn darüber auf, was ich Dir über den Barden berichtet habe, was er mir sagte, bevor er starb."

Der Kutscher tat dem so und fuhr mit Svenney, an das andere Ende von Antrim, wo der Lektor sein Anwesen hat und demzufolge am ehesten dort anzutreffen wäre.

7. Begreifen und Verstehen.

„Hör zu", blaffte Ashton der Kutscher.
„Hör genau und gut zu, denn es ist wichtig".
Svenney von jeher ein schlechter Zuhörer, sah
dies anders.
Er schaute aber dennoch interessiert, in des
Wagenlenkers Richtung und heuchelte
wahres Interesse, an seinem Vortrag.
„Was letzte Nacht war, ist nicht wichtig".
Hob der Kutscher die Stimme. Aber das sah
Svenney anders und grinste wissend in die
Richtung des Wagenlenkers. All die
Sauereien, die er erlebt zu haben glaubte,
fanden ihren Beweis im Zustand seines
Lümmels. Welcher wie Feuer schmerzte, weil
er wund war, aber seine Pupe stellte er fest,
brannte lichterloh und er hatte das Gefühl, als
wäre sein Arsch weit aufgerissen. Er konnte
sich aber nicht erinnern, welche der Sado-
masochistischen Einfälle der Bernadette
diesen Schmerz verursacht haben könnte. Er
befand, dass es ihm gefiel, es also gut gewesen
sein wird. So sprach er.
„Für euch ihr trauriger Gesell, war die letzte
Nacht sicher ebenso unwichtig wie jede
zuvor. Als Gentleman der zu genießen und
schweigen versteht, werde ich euch nicht
berichten, zu welchem Ruhm und welcher
Ehre ich heute Nacht die Gipfel der Ektase
erklomm. Sie waren gewaltig."

Der Kutscher schaute etwas verwirrt, was er dann eine Weile so beibehielt und die Intensität des Irritierten weiter steigerte.

„Meine Herrin Bernadette, hat mich geschickt um euch zum Lektor zu bringen und bei ihm abzuliefern, dort sollt ihr alles weitere erfahren, was ihr für eure weitere lange, sehr lange Reise benötigt."
„Vorab so sei euch gesagt, meine Herrin übernimmt sämtliche Kosten. Sie trägt die Verantwortung für dieses Unternehmen, sie lässt ausrichten, sie sei angetan von euch und überträgt euch deswegen die Aufgabe, den Schatz von Andra für sie zu suchen. Den sie mit euch teilen will, so wie sie auch anderes mit euch zu Teilen bereit ist."

„Oh ja, ich verstehe den Umfang der Teilungen, habe ich doch schon letzte Nacht, den Vorgeschmack gekostet" frohlockte der Svenney.

Wieder verfiel der Kutscher in diese Irritation und machte dies durch einen stumpfen Gesichtsausdruck deutlich.
„Ein Barde ist letzte Nacht Opfer einer Kette von unglücklichen Umständen geworden. Ein Barde der ein Geheimnis hat und dieses beinahe in sein Grab mitgenommen hätte, wäre er nicht der wundervollen Bernadette

begegnet, der er dieses Geheimnis anvertraute, wie er es schon 100te Male vergeblich versuchte. Auch mir, wenn ich alleine in dem Wirtshaus zu Antrim meinen Abend verbrachte, probierte der Barde diese Legende zu verkaufen, die Geschichte von einem Schatz, einem riesigen Schatz, der auf Andra versteckt sein soll."
„Ich selbst glaube ebenso wenig wie alle anderen denen er das Märchen erzählt hat, aber meine Herrin glaubt ihm nicht nur, sie ist absolut überzeugt, das dieser Schatz existiert und nun habt ihr die Ehre, diesen für sie zu finden!"

„Schatz, schmatz ratz fatz, was ein Rabatz, ich will gar keinen Schatz, den meinen habe ich gestern gefunden",
tirrilierte der O´Shea.
„Bringt mich zu diesem Schatz, ich befehle es euch Lakai, umgehend".

Umgehend beschreibt eine Zeitspanne, die extrem kurz ist. Und genauso eine Periode, eine wahnsinnig kleine verstrich zwischen diesem Satz, des Svenney und einem Stirnbatscher. Welcher später einen italienischen Schauspieler, der mal Olympionike im Kader des Schwimmwettkampfes war, mit seinem

extrem blauäugigen Gefährten, soviel
Berühmtheit verschaffte.

Mit diesem Stirnklatscher ergatterte dieser
sich Gagen, von denen er nicht nur leidlich
satt wurde und an Leibesfülle gewann,
sondern als Olympionike, von niemanden
war, genommen wurde.

Ihn dennoch befähigte, Neapel und 2
Stadtteile in Rom zu erwerben, bis dieser
Stirnbatscher auf seiner Stirn eintraf und die
Wucht ihn 10 Meter durch den Raum gleiten
lies. Nur es war wenig Innenraum vorhanden,
den Svenney stand in der Pampa vor der
Kutsche, aber es war kein slippen, sondern
eher ein Niederschmetterndes durch den
Dreck pflügen.

„Hör zu, Wurm.... ich habe Dich gewarnt."
Ashton der Kutscher, griff Svenney an den
Kragen und stellte diesen unsanft wieder vor
sich auf, ohne ihn aber loszulassen. Was ihm
Arbeit ersparte, da es sich herausstellte, dass
O´Shea dem Schläger weitere Gründe gab,
ihm ein paar zu verpassen, alleine dem
Umstand geschuldet das Svenney eben kein
guter Zuhörer ist.

Nachdem sich etliche Male, eine zur Faust
geformten Extremität des Kutschers, in dem
Bereich des Gesichtes einfand, wo blaue und
grüne Flecken entstehen und diese voll
aufblühten, gestattete Svenney seiner

Gesundheit, einen Appell an seine Geduld zu senden. In der Hoffnung das er die nötige Fähigkeit, die einen weiteren Einschlag auf den Wangenknochen zu verhindern, durch Zuhören vermeiden kann.

Er lauschte dem Kutscher andächtig und murmelte ein freundlich interessiertes, „Ah ja, soso, ach nein" und etliche Aaah und Ooh´s.

So erfuhr er vom Gespannlenker, das ein gigantischer Schatz existierte. An den aber niemand glauben wollte. Von dem Bernadette schon vieles gehört und gelesen hatte und seit ihrer frühen Jugend, etliche Zeit damit verbrachte, Näheres in Erfahrung zu bringen. Sie erfuhr, dass der Barde nicht nur vom gleichen Schatz sprach. Sondern das er sogar den ersten Beweis in Form eines Rings, dessen Fassung einen Stein umschloss, der ins richtige Schloss gesteckt, eine Türe öffnet und einen weiteren Hinweis auf die Lage des Schatzes preisgeben würde.

Das erfuhr Svenney ebenso, wie seine neu erworbene Aufmerksamkeit ihm mitteilte, dass der Barde den Schlüssel aber nicht mehr habe. Sondern diesen einer Dirne, als Pfand hinterlegt hatte. Weil das Budget, dessen er habhaft war, mit dem Etat das seine Lust forderte, nicht konform ging. Weshalb die Puffmutter ihm diesen Fingerreif als Pfand abverlangte. Unter dem Hinweis, dass wenn er nicht kooperiere, sie den Ring, nach seinem frühen Ableben, nähme und er nur zu gewinnen hätte.

Dieser Fingerreif befindet sich in Limerick in der Grafschaft Limmerick, an einem Ort der Dun Bleisce Doon hieße, einer Festung der Huren, wo eine Mama San, einen kleinen gutgehenden Amüsierbetrieb mit Erlebnis Gastronomie, sowie „oberen Stockwerken" betrieb, die der singende Geselle, oft aufsuchte, öfters wie es sein Salär als Barde zuließe.

Diesen Schlüssel solle er, Svenney zuerst abholen.

Zuerst solle er den Lektor aufsuchen.

Was recht praktisch war, weil der Fuhrmann ihn genau auf dessen Anwesen, auf dem ständig renoviert wurde, aus der Kutsche gezogen hat. Was den Schluss zuließ, das Svenney am Ziel, der ersten Etappe angelangt war, den Lektor zu konsultieren hatte und um im Anschluss nach Dun Bleisce Doon abzureisen. Wie die Reise aussehen sollte, das war Svenney aber nicht bewusst. Was daran lag das der Kutscher in seinem Vortrag, gar nicht an der Stelle angekommen war. Es jetzt aber ist.

<<<<von daher schreibe ich ab hier wieder Live mit und fahre so mit der Erzählung fort. >>

114

„Dieser Rappe und diese Stute, sind eine Gabe von meiner Herrin" der Kutscher deutete auf die beiden Leitpferde in seinem Gespann, von dem der Rappe schwarz war und den Namen Whisky trug, während die kräftige Stute weiß war und auf Soda hörte.

„Diese Pferde, dieser Beutel mit Gold, ein Schießgerät und reichlich von dem schwarzen Pulver, eine Dose Zündplättchen und dieser Beutel mit Kugeln. Dazu Proviant für eine weite Reise. Dieses Foto im Medaillon das meine Herrin zeigt und ihr euch vors Herz hängen sollt. Damit ihr nie vergesst, warum ihr dies auf euch nehmen werdet und mit wem ihr den ganzen Schatz dann teilt.
Dazu allerlei Zeugs, das ihr unterwegs brauchen könnt. Für die ersten 5 Tage 10 Flaschen besten Weines, weil ihr die ersten 5 Tage durch ein Gebiet müsst, in dem niemand lebt und in dem ihr keinerlei Vorräte erwerben könnt"
Während der Ashton dies sprach, rülpste der O´Shea laut und stellte die erste Pulle des erlesenen Weines auf der Stirn des Kutschers ab. Zum Glück war die Flasche leer, weil sie sonst ihren Inhalt auf des Ashtons Hemd ergossen hätte, nachdem sie brach. Darauf lief dem Fuhrmann etwas anderes über sein wundervoll gestärktes blütenfeines Hemd, für

das der Kutscher bei den Damen so hoch im
Kurse stand. Es war Blut, das aus einer
Stirnwunde zu Tale oder genauer auf das
Hemd floss.

Ashton wäre normalerweise entsetzt darüber,
dass sein Kleidungsstück, sein weißes
gestärktes Hemd, sein Markenzeichen, das
von dem er etliche hatte und die seinen
ganzen Stolz darstellten, derart ruiniert
wurde. Er konnte aber das Entsetzen nicht
finden, da sein Bewusstsein, damit beschäftigt
war, abwesend zu sein.

Ashton fiel um wie ein Sack, irländischer
Kartoffeln.

Der Svenney, der vom Zuhören benommen
war, eher von dem Liter feinster gekelterter
Trauben, vom Federweißen zum neuen Wein
vergorenen. Im Fass zum edlen Tropfen
gereift, auf diese Flasche gezogen, um ihm
dann so vorzüglich zu munden. Bevor der
seinem Inhalt beraubte Behälter, sich in
einem selbstmörderischen Anschlag auf der
Stirne des Ashton entzweite.

Dieser Svenney, schickte sich an, die beiden
Pferde auszuschirren, dem Whisky einen
Sattel aufzulegen und der Soda das Gepäck
aufzubürden, dachte über das alles nach und
stellte fest, das ihm das recht fein gefallen
würde. Nachfolgend dem Besuch beim Lektor,
zur Hurenfestung zu reiten, den Schlüssel an
sich zu nehmen und seiner Bernadette zu

bringen. Mit ihr würde er zusammen weitere Abenteuer, an vielen anderen Plätzen und entfernten Orten, erleben, ja das war genau sein Ding.

Das Ding von dem Helden, der er zweifellos war, der einer schönen Frau gehören wollte und dafür kämpfte, so möge es sein.

 Er, Svenney O´Shea, würde all das schaffen und erreichen. Am Schluss würde er den Juwel und seine größte Belohnung finden und mit dieser glücklich bis ans Ende der Tage, den Schatz verprassen. Sprach es laut aus und begab sich auf den Weg ins Anwesen des Lektors, um diesen aufzusuchen.

8. Der Lektor, die Lektionen und wo man sich sonst lecken mag.

Das Anwesen des Lektors war in erster Linie ein Park, indem ein Garten angelegt war. Den man durch ein großes schmiedeeisernes Tor zu betreten hatte, das imposant und ebenso verrostet war.

Hatte man sich durch dieses Tor erst einmal gewagt, betrat man einen Weg, der zwischen Beeten hindurchführte. Welche mit umgedrehten Whisky und Weinflaschen eingegrenzt waren, in Irrwegen und Schlingen verlaufend, auf ein Gebilde zu, das wir hier eine Datsche nennen. Weil so etwas in einen Garten gut passt, aber in diesem Fall keine Datsche war.

Äußerlich ein windschiefes, altes Gartenhaus mit einem noch schieferen Ofenrohr auf dem krumm und verzogenen Dach. Welches auf gekippten Wänden auflag, in denen der Gipfel der Schiefheit im Wind auf und zu klappte, was Fenster sein wollten, aber die Bezeichnung nicht verdienten.

Wer denkt, der Lektor, dessen Person ich angekündigt habe, haust in einem windschiefen Verschlag, hat zwar gut aufgepasst und seine Phantasie wurde von meiner Erzählung geleitet, aber es war anders. Nichts ist, wie es scheint, und so erfasst das Auge, vor der brachial schiefen Türe, ein windschiefes Gartenhaus, aber hinter dieser Tür,... dazu komme ich gleich.

In diesem Garten wuchs so alles an bekannten Gewächsen, mehr unbekanntes, zumindest mir fremdes, aber darum bin ich der Erzähler und nicht der Gärtner.

Allerlei Giftefeu und Umanach, Waldmeister und Kräuter, aus denen man manch feinen Brand herstellen konnte. Wie den Wacholder z.B aus dem die Holländer, einst den Genever brannten. Aus dem die Engländer aufgrund ihrer komplizierten Aussprache Gin als Bezeichnung fanden. Der im Königshaus Britannien, der Queens Mutter, das Leben ungemein verlängert, da sie diesen ebenso über alles liebt und in ungewöhnlichen Mengen ihrem Körper zuführt.

Dabei wird der Gin gar nicht gebrannt, sondern besteht aus Alkohol, so etwas wie ein gewöhnlicher Vodka, den man aus Kartoffeln herstellt, die es in diesem Garten zu dem zwecke ebenfalls in Hülle und reichlicher Fülle gab.

Wacholderbeeren sind, dass absolute muss, die Essenz und so steht ein kleiner

Buschwald, dieses Gewächses dem Gartenhaus am nächsten.

Dort steht eine Badewanne, in der dieser Gin angesetzt wird, indem man Gewürze, wie Kardamom, Rinden, Birke, Samen Wurzeln auch Frucht einbrachte und das Ganze ziehen lies.

Aber hier gleich neben der Wanne, in einem kleinen weniger schiefen Gebäude, wurde das Gebräu erneut raffiniert destilliert und zu einem ganz besonderen Gin gebrannt. Dem Meckpom Saphire, eine klassische Abfüllung mit 48% mindestens. Der Name leitet sich aus dem Herkunftsland des spirituosen Liebhabers und Erzeugers ab, Mecklenburg in Pommern und Saphire. Weil dem Kreator nichts Besseres einfiel, es aber wie ein Brillant munden sollte, was es nicht tat und so nur zum Saphire wurde.

Gleich neben dem Brandhaus befand sich eine Kelter, die fleißig benutzt wurde. Die Berge an Obst entsaftete, auf das umgehend durch einen chemisch biologischen Prozess, der Gärung geschuldet aus ungenießbaren Früchten, genießbaren Wein entstehen lies oder zumindest in der Vorstufe den Most. Diesen verbringt man in ein Mischgefäß unter Zugabe von Zucker und später von Hefe, in Verbindung mit dem Most, dem Süßstoff diesen aber in Alkohol verwandelt. Trotz des Zuckers bildet sich vor allem bei Beeren, wie der Traube eine starke Säure. Der dann entgegengewirkt wird, indem man kohlensauren Kalk dazugibt, danach erst kommt alles in ein Gargefäß, in dem das Gemisch ruht. Ab dem dritten Tag beginnt die Gärung und später, wenn das Ergebnis als Wein in Flaschen gezogen wird, macht das verwendete Obst, die langweilige Hefe und der Zucker ordentlich Spaß. Wenn Sie miteinander gut harmonieren.

So erklärt sich ein weiteres Gebäude, das solider schien als alle bisher beschriebenen. Dazu gab es einen Gewölbekeller, der den ganzen Garten im Untergrund durchzog, man munkelte das von diesem Kreuzgewölbe, der 50 m tiefer lag, weitere unterirdische gelegene Stollen in alle Richtungen abgingen. Dann im Wirtshaus von Antrim, dem Bürgermeisteramt des Ortes und der Bank, sowie in einem Gemach, einer holden Maid endeten, welche das Herz des nahezu herzlosen Besitzers dieser gesamten Anlage ein wenig berührte.

Schaute man an diesem letzten Gebäude neben der Kelter vorbei, entdeckte man einen äußerst massiven Bau, in dem ein soliderer Kessel aus Messing, der mit verwirrenden Rohrleitungen beeindruckte, stand. Daneben ein weiterer Bottich und andere und so einige mehr. Zwei dieser Behälter dampften auf Hochtouren und ein übler

Geruch lag in der Luft, in diesen beiden
Kesseln, blubberte ein zukünftiges Ale und
ein Porter, Biere die sich in Irland neben
einem dunklen Guinness, großer Beliebtheit
erfreuen.
Überall standen Körbe, in den Früchte lagen.
Und Massen an Fässern, in denen Obst
verfaulte und nur dem Zweck dienten, dass
unter Zugabe von Hefe und Zucker, Liköre,
Weine und andere leicht bis schwere
alkoholische Gesöffe, sich entwickelten.
Svenney nahm all dieses mit großem Interesse
wahr, befand er sich doch auf dem Irrweg, im
Garten des Lektors. Er steuerte auf das
windschiefe kleinste Gebäude zu und öffnete
die Tür, die quietschend, dass es eine Freude
war, aus ihren Angeln sprang und sich sofort
verkeilte.
Der Sohn des O´Shea aber weilte schon drin.
Sehr verwundert, denn er stand in einer Art
Halle, die diffus, von einigen Fackeln und
einem Feuer, das in einem Kamin glimmte,
illuminiert war. Dazu flogen in einem
aufgehängten Käfig, leuchtende Käfer ihre
Runden und in Glasballons taten
Glühwürmchen, was sie am besten konnten
und spendeten weitere Erhellung.

Der Garten des Lektors

Es gab mehrere Sitzgruppen, feines Leder im viktorianischen Stile, was Svenney aber nicht wusste. Denn der lebte ja eine Epoche davor, in der georgischen Zeit, wobei es hätte ihn gar nicht interessiert.

An der Wand, gegenüber des Kamins, prangte ein Ölporträt, das einen Mann zeigte.

Dessen rabenschwarzes Haar so tiefschwarz war, das selbst die reichlich auf ihr verteilte Pomade, das glänzen nicht zu Stande brachte, weil Licht, sobald es auf dieses Haupt fiel, sofort absorbiert wurde. Ein würdevoller, aber äußerst strenger Blick. Welcher durch ein schwarzes Gestell in dem Glasstücke gefasst zu sein schienen, was man als Augengläser oder später als Brille benennen würde, entrückt aber gleichzeitig dämonisch, was ausgezeichnet zu dem angedeuteten, schrecklichsten Lächeln, das jemals gelächelt wurde, passte.

Dieses diabolische Grinsen, das dem Gemälde entfuhr, war dem Künstler gelungen. Denn es jagte jedem seiner Betrachter eine gehörige Gänsehaut ein. Sogar dem besagten Maler, der sich nach der Vollendung, dieses Werkes selbst blendete. Weil er sich erhoffte, das Bild, das sich auf seiner Netzhaut eingebrannt hatte und diesen stechenden Blick zeigte, würde damit verschwinden.

Eine entferntere Hoffnung, die sich niemals erfüllen würde, aber dies nur am Rande.

Zur rechten Seite des Bildes gab es ein größeres Gemälde, derselbe stechende Blick, dominierend und den abgebildeten mit einer merkwürdigen Apparatur zeigte. Einem auf 3 Beinen stehenden Kasten, mit einem Glasauge an seiner Frontseite und einem schwarzen Tuch auf der Rückseite, der hier porträtierte, hielt eine Art Dings mit einem Griff in die Höhe. Mit seiner anderen Hand bediente er eine Art Schnur, einen Draht, der mit dem Kasten verbunden war, genauer mit dem Auge, dieser Apparatur. Vor der Box stolzierten Damen, in berüchtigter Aufmachung oder sie räkelten sich noch zweifelhafter herum. Das geschah, indem sie Sitzmöbel nicht ordnungsgemäß sitzend verwendeten, sondern vulgär lümmelnd, was der Szene einen anrüchigen, aber doch erotischen Charme gab.
All das erklärte das allersckrecklichste Feixen, dass auf dem ersten Bild gelächelt worden ist.

Angezogen war der in Öl verewigte, äußerst elegant in einem Stile, den Svenney so nie zu sehen bekam. Nicht einmal bei den gesellschaftlichen Anlässen, zu denen sein Vater den Erben immer mitnahm, weil er das Geschäft ja eines Tages führen sollte. Neben den beruflichen war das zweitliebste Thema, Kleidung und wie man grüne Krokodile auf

Brusttaschen sticken könne und ob das gut
aussah.

Als Abwechslung zu drei Streifen, die zwar
sportlich wirkten, aber als Design damals
schon recht spärlich rüberkamen.
Was Svenney nicht ahnte, war, dass dieses
Bild gar nicht gemalt worden war, denn es
entstand in einer späteren Epoche, wie das
zur linken Seite aufgehängte Porträt. Was
völlig den Verstand unseres Helden
überforderte, passierte im Allgemeinen aber
recht oft.
Dort war der gleiche, mit einer Brille den
strengen Blick forcierende abgebildet.
Diesmal aber vor einer mattglänzenden
Schüssel oder Kutsche, den das Ding hatte
Räder. Er stand in einem einwandfrei
zerknitterten Gewand mit Hose und einem
derart gestärkten weißen Hemd da, an dem
jede Kugel abprallen würde.

Die Absicht des Trägers, dieser Kombination
aus tadellos verrutschten Beinkleid, in dem
eine Bügelfalte so scharf gekniffen war, das sie
Zeit und Raum falten konnte. Was zu dem
Hemd durchaus passte, aber nur zu diesem.
Über dem gestärkten Wäschestück saß locker
ein Jackett, dessen Brusttasche von einem
feinen Tuch dominiert wurde, direkt neben
einem Knopfloch, in dem sich eine Nelke
verfangen hatte.

Der Saum dieses Jacketts endete sportlich, direkt über dem mickrigen Gesäß, des Anzugträgers. Die Hose die all das darunter liegende, vor allen Augen verbarg, weil jeder Blick von der Bügelfalte nahezu gespalten wurde, beulte sich auf der Rückseite enorm. In einer Tasche auf dem Gesäß angebracht, protzte eine Lederbörse, aus der Banknoten nur so quollen, weil dies Portemonnaie für eine solche Anzahl nicht konzipiert war. In einer zweiten Tasche, die etwas dezenter versteckt angebracht war, lugte ein silberfarbener Verschluss rotzfrech auf einer silbernen Flasche sitzend, hervor. Diese beherbergte einen Trunk, dem der Besitzer des gesamten Assemblers, zugetan war und er diesen gerne in jenem edlen Behältnis bei sich trug, falls ein Verlangen ihn übermannte. Dies geschah häufig.

Im Hintergrund des Bildes sah er einen anderen Kasten mit Rädern. In knalligen Gelb, wie von einer Sonnenblume und davor einen Herren, der ein ebenso knallgelbes Gewand trug, auf dem ADAC stand. Ein Schriftzug, der sich auf dem Mobil hinter ihm ebenfalls entdecken lies, es schien so, als würde das mattglänzenden Gefährt auf dem KIA zu lesen war, was sicher für Katastrophe in Asien stand, an einem Seil hinter sich herziehen. Zumindest waren die Fahrzeuge miteinander verbunden.

Svenney konnte mit diesen Darstellungen gar wenig anfangen und es hätte nichts geändert, wenn er wissen würde, das dieses Bild gar nicht existierte, weil es erst später entstehen würde.

Dafür sprach die Brillanz und die Schärfe der Farben, das Bild sah aus, wie nicht gemalt, sondern als würde man einem Standbild der Zeit oder das, was das Auge zu sehen vermochte, direkt auf einen Träger bannen. Auf das dieser Moment, auf alle Ewigkeit erhalten blieb.

An einer der langen Wände gab es eine ganze Galerie, dass immer den gleichen Inhaber dieses Blickes zeigte. In sich verändernden Gewändern und so folgerte Svenney, dass dieser Mensch sich gerne verkleidete und sich seiner Umwelt entweder anpasste oder dieser durch unpassende Kleidung entfloh, sich zumindest aber abhob.

Nicht weit von diesen Bildern entfernt, hinter einer gewaltigen Eichentüre, saß indes, der mehrfach porträtierte. An einem ebenso mächtigen Eichenschreibtisch, auf dem Gefäße aus Marmor prangten.

An der Tischkante waren weitere Objekte aufgereiht, sicher um zu verhindern, dass ein Schild das ebenda stand und auf dem „Lektor Der" zu lesen war, umfiele. Dem Der dunkle Raum war nur erhellt durch ein nur für Elfen und andere Wesen sichtbares

Licht, das mystisch waberte und sich ständig veränderte. Ein weiteres Erhellen, das in einem Glaskolben pulste, in dem sich farbige gallertartige Klumpen, in Zeitlupe aneinander vorbeitrieben und nach oben und von da wieder abwärts wanderten. Der Lektor beachtete die Lavalampe nicht weiter und hing seinen Gedanken nach. Er freute sich still und diese Freude galt dem Umstand, dass bald wieder ein Grund bestünde, sich in viktorianische Gewänder zu zwängen. Vor allem in den neuen Gehrock, welcher der Schneider ihn vor wenigen Augenblicken durch einen Boten zugestellt hatte und von dem er behauptet hat, dass ihm dieser außerordentlich gut gelungen sei.

Der Lektor, sah das genauso und da er einen neuen Gehrock erworben hatte, der ihm vortrefflich passte, freute er sich auf das viktorianische Wochenende. Auf dem er ohnehin die Zeit vergessen werde, steif auf Wiesen, unter Eichen und vor vorzüglich gewandeten Damen positionieren konnte und es niemand merkte, dass sein Reden immer an gestern erinnert. Am liebsten mochte er an dieser Zeit, dass er mit einem Holzkasten steif herumstehen konnte, der vorne ein Glasauge hatte und der die Damen interessierte. Den sobald der Lektor mit diesem Werk mechanischer Uhrmacherkunst und ein paar Sperrholz Leichtbauteilen vom

Schreinermeister Grufke auftauchte, benahmen sich die Damen aber vor allem die Mägdelein immer albern. Sie begannen aus unerfindlichen Gründen, ihre Röcke zu reffen, ihre Beinkleider, meist aus feinster Seide zu präsentieren, und liefen, mit durchgedrücktem Kreuz und komischen Schwüngen vor diesem Kasten auf und ab, was der Lektor gerne mochte. Oft gelang es ihm, eins dieser Mägde von ihrem Kleid zu befreien. Sie in einem See oder Fluss badend, vor dieser Apparatur auf den 3 Beinen für die Ewigkeit durch Licht zeichnen zu lassen. Ein Vorgang der auf einer silberbeschichteten Glasplatte, allerlei chemische Prozesse in Gang brachte und eben diese Magd für immer verewigte.

Aber euch edle Frauen waren geneigt, sich dem Lektor zu öffnen. Ihm Einblicke zu gewähren, die sie sonst nur dem Gatten zuteilwerden ließen, was oft dazu führte, dass die eine oder andere Lust sich entwickelte, und dem Lektor ein Tächtel Mächtel bescherte. In deren Konsequenz eine nicht unerhebliche Anzahl, weiblicher und männlicher Nachkommen, die glücklicherweise wenig Ähnlichkeiten mit dem Erzeuger hatten, die Welt mehr als nur bereicherten.

Svenney hatte sich durch den Saal gearbeitet, war einer riesigen Eingangstüre nahe, einer

aus Eiche mit eisernem Beschlag und einem
großen Schild, aus Messing, auf dem graviert
stand.

9. Lektor DER

Svenney klopfte höflich an und trat dann
unaufgefordert in den Raum ein, der sich
hinter der Tür mit dem Schild verbarg und
der so unendlich groß war, dass endlos das
passende Wort scheint, denn so unermesslich
war dieser Raum.
An den Seitenwänden, die mit dem bloßen
Auge kaum zu erahnen waren, standen
Karteikästen. Gegenüber, die andere
Stirnwand, voller Registraturschubladen. Die
hintere Wand war nicht zu erkennen, die
Decke, die Mauern die Möbel, alles schwarz
und von einer deprimierenden Düsternis.
Diese wurde nur vom Haupthaar der Person
übertroffen, die 10 Meter nach dem
Eingangstor, durch das Svenney soeben
geschritten war, hinter einem Eichentisch, der
so schwer war, das er schwarze Löcher
einsaugte.
In der Tiefe dieses Raumes, der Düsternis und
dieser Dunkelheit entstanden reichlich davon,
da saß er. **DER LEKTOR,** man sah nur ein

überirdisch weißes gestärktes Hemd, mit einem gewaltigen Kragen. Eine unnatürlich käsige Scheibe das Antlitz, über diesem Hemdaufschlag am Hals. Geteilt wurde das Gesicht von einer der Licht adsorbierenden Brillen. Welche aus Antimaterie zu bestehen schien, wie das schwärzeste aller Haare, die je aus einem Nasenloch ragten. Dessen Angesicht Augen beherbergte, welche gnadenlos kalt, jedem Haifischauge spottend, gefühlskalt durch diese Augengläser, ein Blick entsandten. Ein Augenausdruck, der brennend die schwarze Luft teilte, bis zur Stirnwand und dort von der absoluten Finsternis aufgesaugt wurde.

Überall brannten Kerzen, Fackeln und alle 10 Meter so schien es, loderte in einem Kamin Feuer. Um diesen Raum, der nicht mal eine Halle war, in seiner Unermesslichkeit, zu wärmen. Dennoch war es kalt und dunkel, denn dieser Raum war nicht, was er schien, oder er vorgab zu sein. Diese Unendlichkeit, in einer kleinen windschiefen Hütte, nicht mal ein rechtes Schreberhaus, wie sollte dieser Saal überhaupt existieren und existierte dieses Phänomen denn?
Die Person, die diesen Raum bewohnte, war sie echt oder gezeichnet? Diese Aura des Lektors, inmitten von nichts als Schwärze, so

düster, dass sogar Kohle in diesem Zustand fluoreszierte, es glühte so manches.

Um den Lektor ward ein Geflimmer, ein sich krümmen und zusammenziehen von dunkler Materie. Das Haar schien sich ständig in das Unheilvolle und die schwere der Tischplatte aus Eiseneiche, aufzulösen. Um sich dann, wieder aus pulsierenden schwarzen Löchern, die um den Lektor waberten, zu nähren.
Vor sich auf dem Schreibtisch, dessen Dichte einen Planeten wie den Jupiter ansaugen und absorbieren könnte, was geschehen war, ordnete sich ein Universum. Dieses lag in einer Art Rad, in dem schon viele Galaxien vorhanden waren.

Ebenso diverse Milchstraßen, ein interstellares Raumschiffkino mit angeschlossenem Imbiss, und einer Bowlingbahn.
Unweit, der Planet Ursa Ork 13, der als Amüsiergastronomie für Raumbesatzungen und derer Kapitäne installiert wurde.

Leider aber wegen, Problemen an der öffentlichen Toilettenanlagen geschlossen werden musste.
Denn wie man sich vorstellen kann, der intergalaktische Raumverkehr ist ja für alle Aliens benutzbar und jede Spezies eben

andere Ausscheidungsorgane haben, die sagen wir mit denen auf der Erde bekannten, nicht kompatibel sind.

Mit Ausnahme der Goddocken, die ein Beutelsystem haben, das wenn dieser gefüllt ist, via Gleitlucke dem Organismus entnommen wird und absolut Hygienisch und keimfrei, in jedem Papierkorb entsorgt werden kann.

Andere Spezies haben aber derart komplizierte Verdauungs- und vor allem Ausscheidungsmechanismen, dass die vorhandene sanitäre Anlage von San-O-fair nur im männlichen Sektor an die 500 Kabinen zur Verfügung stellt. Im weiblichen Trakt nochmals 500 Nasszellen und dazu dann diverse Aliens, die jederzeit auf eines der 1000 verschieden konstruierten Toiletten hätten gehen können, aber auf eigenen sanitären Luxus bestanden.

Ein weiteres Problem war der Zustand der Anlage, denn die meisten Besucher, suchten das Örtchen im Allgemeinen erst in der allerhöchsten Not auf. Oft auf den letzten Drücker. Wenn die Blase, der FrüüPEL, eines Hebroanischer Kräästling oder der Enddarm eines Grusenkoors, schon im Endstadium der maximalen Aufnahme der Speichermenge angekommen war. Sobald der Besitzer dieser vorzüglichen Verdauungs- Apparate, es nicht mehr halten konnte. Jetzt unter 500 Türen

oder Einsaug, Abpump und Fruluugg
Vorrichtungen, genau und auf die schnelle,
das zur eigenen Anatomie passende Klo Set
zu finden, gelang nicht immer oder eher
selten.

So war der zentrale Zugangsraum, nicht im
besten Zustand. Zumal einige Spezies Mengen
an Ausscheidungen produzierten, die einer
Reise von bis zu 19 Lichtjahren entstammen.
Meist mit einem Kleinstraumschiff, das nicht
mal annähernd 10% Lichtgeschwindigkeit
flog, und für Tage den Zugang von nahezu
900 Türen versperrte.

Diese Problematik und die Tatsache das im
All keinerlei CO_2 entstehen konnte, war der
Ausschlag dafür das nicht nur diese
intergalaktische Raumkinostation, sondern,
80% aller Hyperraumstraßen geschlossen
werden mussten.

Weil es zwar ein Kinderspiel ist, ein
Raumschiff auf Warp 12 hoch 10 minus 8 zu
beschleunigen, das dann nur im Leerlauf war.
Es flog aber unwahrscheinlich schneller, wenn
man den ersten Gang einlegte.

Jagte man das Triebwerk durch sämtliche
Schaltstufen, erreicht man einen
Sanitärbereich, der nahezu allen Spezies, zur
Verfügung stand.

Anträge der Godheiken, der Marsianer und von Klonkriegern, ein einheitliches Beutel Verdauungsystem, auf Hyperraumstraßen einzuführen, scheiterte am Einspruch von Zaark Kandarwiis. Einem der Alkaloiden von Beta Fröhn, der anführte, das jeder Gebeutelte zu Hause, wieder die Probleme hätte.
Das er den eigenen sanitären Bereich nicht mehr nutzen könne und diese Fehlinvestition steuerlich nicht gelten lassen könnte.
Einsprüche der Opposition, die entgegneten, dass er ja den Beutel nahezu überall entsorgen könne, wurden abgeschmettert.
Am meisten von den Grün feministischen Arsch Litikern, die immer und gegen alles waren, das konsequent.

Vor sich, auf diesem Schreibtisch, der so sämtlichst Mögliche in sich trug, zu mindestens etliche Galaxien, wie es schien, stand ein mächtiger aus schwärzestem Marmor bestehender Stempel Halter, mit den Beschriftungen: ZENSIERT, Schmutz, Pornografie, politisch inkorrekt, FAIL, zur Vernichtung freigegeben, nicht GRETA konform und ähnliche.
Direkt anbei, ein Schreibtisch Set, ebenfalls aus einem Marmor gehauen, dessen Schwärze und Kompaktheit, ständig mit derselben, auf dem Haupt des Manuskriptprüfers konkurrierte. Der Lektor, über dem Hemd,

dessen gestärkter, weissester aller Kragen, eine klare Kriegserklärung an das umgebende Dunkel war. Auch an den etwa knielangen Gehrock, in einem Licht schluckenden Ton. Wie mehrfach beschrieben, so Schwarz das nicht einmal, weiße Fussel eine Chance hatten, sichtbar zu werden. Selbst wenn man sie in Andorianische Persilmoleküle tunkt. Er saß hinter diesem Schreibtisch und trug die weißesten Handschuhe, die man aus allem anderen außer Samt herstellen konnte. Leider waren diese aus Baumwolle und dienten nicht der Kälte zu trotzen, sondern, der Zensur.

DER STIFT, den sie zu halten hatten, den Füller, den Äonen an Schriftstellern, Autoren, Setzern Druckern, Schreibern und alle sterblichen Lektoren fürchteten. Dieser Stift, der Götter überflüssig, da machtlos macht. Allein dieser Griffel der ROT schreibt und dessen Rot auf einen Text verbracht, alles löscht, was dem Lektor nicht passt oder gefällt. Eben dieser Rotstift, das Schwert des Intellekts, mit deren Hilfe der Zensor die dummen, die arroganten, die unwissenden und jedem der sich ihm und seinen Vorgaben widersetzt, geißelt und sogar vernichtet. Nach diesem Stift kommt der Stempel, in dem gleichen blutigen Rot, welcher das endgültige Urteil über jede Lektüre fällt. Der Lektorenstift ist der Ankläger und

Staatsanwalt. Der Stempel ist der Richter und der Henker. So wird Personal gespart.

Svenney wäre, überwältig worden, von diesem Anblick. Der so fremd, so sagenhaft so unendlich in die Endlosigkeit blicken lies. Von der Erscheinung des Lektors, der allmächtig thronend, mit bohrendem, stechenden, ja glühenden Blick, durch die düsterste Materie brannte. Wenn er nur 5% dessen begreifen würde, dass er da sah, leider war es Sveeney einfach nur egal.

„Tach" sagte er schlicht, was dem Gemüt und seinem Geistesgesamtzustand, am nächsten kam, denn so war er, der Sohn des O´Shea, simplen Verstandes.
Ein donnernde, eine tosende Stille kam, als Antwort nur der brennende Blick des Lektors war fast hörbar.
„Moin, moin",
versuchte derer von O Shea´s es erneut, worauf ein Donnerndes,
„ein Moin genügt, Schwätzer".
Sich aus der tiefsten Dunkelheit materialisierte.
Nachdem der Donner dieser Stimmerscheinung sich gelegt hatte, spürte er, wie der Raum und die Zeit, welche diese Ansprache benötigt hatte, sich verkrümmte.

Sich dehnte und andere Sachen vollführte, die zu beeindrucken, wahrlich jeder geneigt war, außer Svenney, der den Zensor nur ansah. Um den Lektor bildete sich eine Art unheilschwangere Aura. Sie zog sich zusammen, extrahierte und die alles Finstere in diesem Raum strafte. Allein indem sie schwärzer war, was langsam in den Augen wehtat. Svenney fühlte sich, als würde jeder Rest Licht aus seinen, eigenen listig blickenden Äuglein gesogen. Es ward wie in der Finsternis gemolken und auf einem anderen Weg in seinen Hinterkopf zurückgeschickt, in dem es nicht viel heller war.

„Ich habe Dein kommen erwartet,"
Formten sich Moleküle zu Tönen zusammen und drangen so gefestigt in des Svenney Ohr,

„Du bist hier weil Du die Instruktionen benötigst, einen Plan oder Navigationshilfen".

Wummerte es bässlich, aus der umgebenen Tiefe, in der einige Piezo Lautsprecher zu stehen, eher schweben zu schienen. Welche den höheren Tönen, etwas Flächiges gaben, als würden die Klänge auf einem Teppich gleiten.
Natürlich kannte Svenney weder Bässe, Lautsprecher oder irgendwelche Systeme. Schon Schnürschuhe stellten seinen Intellekt

auf die allerhöchste Anforderungsstufe, und doch war in dieser Unendlichkeit, ein Soundsystem installiert. Eines dessen Meega-Bass-O-matic, mit 13 stufen Hypersound-O-Surround Endstufen, mit einem Logicprozessor, auf Basis einer auf der Kalotte gelagerten Phalanx. Welche nur den Zweck hatte, dieses System so sündhaft teuer zu machen, wie es einem Raum in der Größe jenes Saales, geziemte. Ansonsten war der technische Nutzen einer solchen Phalanx umstritten. Außerdem war die ganze Anlage unsichtbar, extrem trickreich in die schwarzen Löcher integriert. Die sämtlichen Schall sofort absorbierten und dann über Wurmlöcher, die mehrere Ausgänge hatten, einer Art Hyperstereo, die an jedweden Punkt dieses unendlichen Raumes gleichzeitig, jedes Molekül anstoßen und zum Schwingen brachte, was diesen ultrafeinen Klang erzeugte.

Der Svenney stand still und desinteressiert, irgendwo dazwischen und überlegte, wie wunderbar seine Laute, die er so gerne schlägt, wenn Melancholie sich über ihn senkt, hier klingen würde.

Er sinnierte, welche Macht einen solchen Klang erzeugt und wer ihm diesen Sound, auf dem Landsitz der O´Shea installieren könnte.

„Den Schatz".
Schwollen die Moleküle wieder zu Kaskaden
reinsten Tones an,
„Zu finden bedeutet Gefahren zu überwinden,
Gedanken an Dich zu binden, lesen in der
Baumes Rinden".
„Dort geschrieben zwischen den Herzen und
den Ausdrücken von Schmerzen,
welch Liebende in den Ast geritzt, neben dem
Einschlag nach dem es geblitzt,
wirst Du sie finden, sehend oder als einer von
den Blinden".

„Ich sage es mit Milde, verlassen wirst Du dies
Gefilde, reitend bis zu dem Bilde, gezeichnet
darauf eine Magier Gilde,
das umzudrehen Du führst im Schilde, weil
auf der anderen Seit,
wenn es ist so weit,
ein Plan steckt, der Deine Begierde weckt und
nicht verdeckt, es sei er ist verdreckt,
welchen Weg Du gehst und wenn Du nur hier
herum stehst.
Maulaffenfeil und dumm aus dem Wams nur
schaust,
du Dir die Chance verbaust, die Stationen zu
erreichen,
Dich macht von einem Armen zu einem
Reichen.
Tutst Du kein Jota von diesem Plan
abweichen."

„Aber bedenke, wenn ich Dir dies Wissen schenke
Deine Geschicke von hier aus lenke.
Deine Geschichte bleibt rein, keine Politik
und Gedanken vom Schwein.
Ich dulde keine Ferkelei, bleib stets dabei
Weil sonst den Stift ich senke, auf die Blätter
deiner Historie und ich denke, einen roten
Strich zu ziehen, denn der Plan ist nur
geliehen.
Und wenn der Stift die Geschichte zerbricht,
die zu erleben, seist Du erpicht.
Keine Bernadette, keine Babette und auch
nicht die Janette raucht mit Dir im Bett, die
„danach" Zigarette."

Worauf aus der tiefsten Schwärze, ein
erhebender Frauenchor, erfreute des Svenney
Ohr, wie nie zuvor „Uaaaaaah Baaaby uhh
uuh aaaa", wie silbriger Glocken Klang, sich in
die Neuronen des SoS sang.

„So seist Du bereit, jetzt ist deine Zeit,
nur der Kojote überschreitet meine Gebote,
aber Du denk stets an die Note und erfülle
diese Quote.
Sauber in Gedanken, auch wenn deine Hosen
oft stanken,
reinen Herzens sollst Du sein, weil sonst hau
ich Dir eine rein.

Sittsame Gedanken, ein Gentleman wie von
den Franken,
nicht fluchen, nicht schimpfen, weil ich das
sonst streiche oder
Dich schlag mit einem Stock von der Eiche,
weil glaubs besser
ich nicht von deiner Seite weiche."

„Für die Geschichte gibt es den Erzähler, der
seine Worte besser wählt, ER."
Du bist nur die Erzählung, gratuliere zu eurer
Vermählung.
Ohne Dich der Erzähler nichts hat, was er
schreibt auf das leere Blatt.
Du aber Svenney der Held, bist es von dem er
erzählt,
und hofft, dass ich nicht den „Abgelehnt"
Stempel erwählt,
so seid ihr vermählt und in diesem Bunde, ab
jetzt bis zur letzten Stunde.
Bis der Erzähler schreibt von seiner Lende
und setzt das finale Wort, das da heißt ENDE"

Die Schwärze in diesem Raum wurde für
einen Nanobruchteil einer Äone milder,
durchsichtiger, die wohlmodulierte Stimme
hallte nach und drang überall durch und
durch. So in den O´Shea, der keinen einzigen
Moment zugehört hatte, weil er
Sinnestäuschungen von sich, seiner Laute und
diesem Raum, den er in seiner Vision Club

nannte, sich selbst DJ Svenney. Der hinter
kreisenden schwarzen Scheiben stand, welche
Klangteppiche generierten.
 Die erbaulich und schön, abgelöst von
stakkatohaftem Bass und gnadenlosen
Midranges einer Menge, die vor Erregung
niederbricht, Bewegungen abverlangte.
Epileptischen Anfällen gleich, auf einem
Dancefloor vorgetragen unter den Klängen
„this is my House and this is not your House"
später einmal einem Pickelgesichtigen,
schwindsüchtigen Arschloch, als Remix
Version, halb Berlin, das Schloss Sanssouci
und Anteile an einer Parade, welche mit
LKWs stattfand, bescherte.
„Nun Sir Svenney O´Shea" erklang es von
jedem Luft und Staubmolekül, der
Sub-O-phonetic gesteuerten Äther
Klangkörper. So glasklar und so
durchdringend, dass es sogar den Svenney
erreichte. Der aber trotzdem nicht zuhörte,
weil er einen imaginären Crossfader, dazu
bewegte, von einer der beiden kreisenden
Scheiben auf eine andere, wie er es nannte zu
mixen. Er kreierte einen „Übergang" der ihm
so gut gelang und gefiel, dass er in einer
imaginären Menge badete, die ihn feierte.

„Sir Svenney",
setzte diese kristalline Stimme, mit
mächtigem Bass unterlegt, einem Timbre, das

man dem schmächtigen Kerlchen nie zugetraut hätte, erneut an.

„Nun ist alles gesagt und alles getan was für Deine Reise und für Deine Aufgabe wichtig ist".

Der Lektor sprach es aus und wie von alleine stand er von seinem Schreibtisch auf. Dabei gleitend als würde er keinen Muskel benötigen, wechselte er vom sitzen ins Stehen. Schaute dabei dem Svenney tief in die Augen.

Ein Blick der jedes Hirn innerhalb Bruchteilen von tausendstel Sekunden, frittiert, geliert und dann durch die Nase austreibt. Doch seid unbesorgt, um unseren Helden müssen wir uns von daher keine Sorgen machen. So passierte dies nicht.

Die schwarze Luft hinter dem Lektor wurde um Nuancen heller und plastisch und plötzlich waren Bilder zu sehen. Zuerst formte sich eine Art Gitterraster mit Farbtafeln und den Initialen BBC British Broadcast Company. Darauf und dann sah Svenney sich, aber da der junge Mann sich nie selbst gesehen hatte, erkannte er sich gar nicht. Er fand nur merkwürdig, dass wenn er den Arm hob es der „andere" ebenso tat.

Es gefiel ihm, der Typ dort oben, war sympathisch. Svenney hampelte mit sich herum, während der Lektor den ganzen Plan wiederholte, und etliche Informationen hinzufügte. Das alles manifestierte sich auf dem hinter ihm laufenden ColorDepard HX 12000 mit Endtron High Definition Luminatix. Dieser war eine Art extrem fortschrittlicher Monitor. Einer der Raummoleküle statisch auflädt, diese umformt und dann wieder zurück in die Ausgangsform bringt. Nicht weil das irgend einen technischen Nutzen hätte. Nur so konnte man diesen High End Preis erklären, den diese Bild, und Tonanlage kostet. Man muss davon ausgehen, dass sie auf den Cent genau unglaublich teuer ist. Erschwinglich nur an den Black Fridays oder den 20% Tagen, an denen Tiernahrung aber ausgeschlossen ist, ansonsten schlicht nicht bezahlbar.

Auf diesem endoplasmatischen Ultra Flat Screen konnte Svenney einmal grafisch alle Details sehen, sämtliche Stationen und Hindernisse die auf ihn warten. Hier wurden mögliche Gefahren spielerisch in Szene gesetzt und hätten mit der Figur vom O´Shea zusammen agieren sollen. Aber der hampelte nur herum und betrachtete sich fasziniert selbst, statt sich auf die Erklärung zu konzentrieren.

Der Lektor indes schien über dem Boden zu schweben, er hatte die Arme überkreuz und stand steif in der Luft, sein Gehrock flatterte und es ist zu vermuten, dass dies der

Dramatik wegen geschah. Die aber wirkungslos verpuffte, weil Svenney gar nicht hinsah.

Ein gewaltiges Fuuuump, lies alle Äonen in diesem unendlichen, unwahrscheinlichen Raum erstarren. Das Bild flirrte kurz und rieselte dann zu Boden beziehungsweise das, was man dafür halten sollte. Den wahrhaftig hatte dieser Raum weder eine Decke oder einen Grund, nur unglaubliche und unendliche Düsternis. Was in dieser Erzählung ja wahrlich glaubhaft und mehrfach erwähnt wurde, wie ich meinen will.
Der Lektor schwebte noch immer dramatisch. Wie er da so furios wirkend, den Svenney mit seinem Blick fixierte. Bemerkte nur der aufmerksamste Zuschauer, wie ein leichtes Resignieren sich in den finstren, strengen Blick mischte und ein unscheinbares Schulterzucken, deutete, an das der Lektor jede Hoffnung fahren lies. Er tat es, indem er zu sich selbst sprach.

„Was für ein DEPP"!

„Nun Svenney"
Sprach er erneut durch die zellulären Membranen, allen biologischen und nicht organischen Moleküle.

„Wieso ausgerechnet Du auf diese Mission geschickt wirst, kann ich mir nicht im Ansatz erklären. Der große Konstrukteur, wird schon wissen, warum er Dich Flaschenpost losschickt.

Der Schatz ist nicht alles, was Du suchen sollst, den kannst Du und die Deinen behalten, aber dort befindet sich etwas, wertvolleres, existentielles Unglaubliches, das Du hierher bringen sollst.

Denn alles was Du hier siehst oder zu sehen glaubst, absolut alles Existierende, hängt davon ab, das DU es hierher an diesen Ort bringst, und zwar schon bald. Den es beginnt gerade alles, allmählich aus den Fugen zu geraten, siehst du diese Dunkelheit diese viele schwarze Materie?"

„Ja klar"

Log Svenney, der nur halb zugehört hat und damit beschäftigt war, die Übertragung, die sein Bild in die Faltmatrix projizierte, erneut zu starten.

„Diese Materie ist überall instabil und wenn sie kollabiert, ach hat doch eh keinen Zweck, vor mir steht ein Depp".

Die Person des Lektors begann langsam nach achtern zu entschweben, es sah aus, als würde er auf Rollen stehen und von weit dahinter würde ihn jemand zu sich heranziehen. Nur

wäre das unglaublich entfernt von hinten,
denn dieser Raum war ja unendlich.

„Gehe nun dahin Sir Svenney O´Shea"
Sprachs und in seiner Hand materialisierte
sich ein Gehstock. Mit diesem deutete der
Lektor auf den Iren, drehte den Stock dann
um seine Achse, was ihn daraufhin ebenfalls
um sein Zentrum kreisen lies und ohne sich
zu bewegen, entschwand der Lektor. Der
dunkle, unendliche Raum um o´Shea, begann
sich aufzulösen. Eine letzte Kaskade reinster
Töne und Klänge streichelte sein Ohr und
dann stand Svenney wieder vor der
Gartenlaube, in diesem riesigen Garten. Und
er freute sich darüber, dass er sich eben selbst
kennen gelernt hatte, und wünschte sich,
mehr Zeit mit sich seinem Ebenbild gehabt zu
haben. Den ihm dem Svenney O´Shea
dämmerte, das er es nur sein konnte, der da
vor ihm in der unendlichen Schwärze
erschienen war.
Der aufgeschlossene Leser, vor allem der
Aufmerksame wird sich fragen, wie ich der
Erzähler aus dem Dilemma zu kommen
gedenke.
Das O´Shea alles aber absolut alles, nicht mit
bekommen hat, was ihm der Lektor
mündlich, und grafisch sowie holistisch zu
erklären versuchte.

Svenney mit dem gelinde gesagt Aufmerksamkeits- Defizit, hat überhaupt keinen Schimmer, er weiß wie immer nur extrem viel über gar nichts.

Ich gedenke da gar nicht heraus zu kommen, denn ich erzähle ja nur die Geschichte, wie sie ist wahrheitsgemäß. Ich bin zu keiner Sekunde, je auf den Gedanken gekommen, den werten Leser anzulügen, an der Nase herum zu führen oder ihm glauben zu machen, Svenney sei ein echter Held, wozu? O´Shea ist 100% selbst schuld, im Grunde kann die Geschichte hier enden, weil es fehlen so viele Seiten für ein Buch aber die Story gibt ab sofort nichts mehr her.

Ein Held vor dem Abenteuer seines Lebens und er hat keinen Schimmer, was er tun soll. Leider beabsichtige ich mit dem Erlös dieser Erzählung, teile der mecklenburgischen Schweiz, sowie den einen oder anderen Vorort von Rostock zu erwerben. Im Übrigen habe ich mich erkundigt, bei der Stimme, die mir diese Geschichte einflüstert. Es wird später so richtig schräg, mit Robotern, Biegeeinheiten und komischen Typen.

Auf jeden Fall geht es weiter, mit diesem Trottel als Helden. Und irgendwie bin ich selbst gespannt, so schreibe ich mehr, das wird sich schon klären, es folgen ja weitere Bände die Festung der Huren, auf Biegen und Brechen und die Druideninsel, erst mal.

Woher ich das weiß?
Es ist meine Aufgabe, die ich zu erfüllen habe.
Aber auch aus Visionen, die mir Hoffnung
machen.

Der SoS wird die Suche fortsetzen. Auch
wenn ich in diesem Moment nicht mal weiß,
ob die Flasche jemals in der Festung der
Huren ankommt, so weiß ich aber, das
O´Shea sich mit Whisky und Soda auf den
Weg machen wird.
Das heißt, während ich hier erzähle, bepackt
Svenney in diesem Augenblick sein Packpferd
mit Proviant. Sein Reitpferd mit sich selbst,
aber das könnt ihr ja nicht wissen. Denn ihr
seht den O´Shea ja nicht, den Anblick den
Svenney bietet bei dem Versuch, ein Pferd zu
besteigen. Das Drama jenes Ross dann in
Bewegung zu versetzen, erspare ich euch und
schließe dieses Kapitel mit den Worten, er
sitzt richtig herum, wenn nicht von Anfang an
und reitet los.

10. Svenney auf dem Weg zur Hurenfestung

Svenney seit Ewigkeiten unterwegs, im Dienste der Bernadette so wunderschön und gefährlich, welche das Unternehmen finanziert hat. Jenes das o´Shea zur Hurenfestung führen soll, gammelte in die Grafschaft Limmerick. Dies per pedes, weil Whisky sein treues Packpferd den Vorderlauf so widrig vertrat, das ein Bruch die Folge war. Soda sein weißes Stutentier, das unermüdlich Meile und Meile ihre Knochen zwischen seinen Beinen durchgeschüttelt hatte, während Svenney sich fragte, wieso der Adel einen solch noblen Sport wie das Reiten so ausgiebig pflegte, konnte den Reiter nicht auch noch tragen.

Zum einen sinnierte er, müssen die feinen Herren und Damen sich um nichts kümmern und am Zielort erwartet sie jeweils eine Dienerschaft, die alles für die Rast bereitet und das Ross mit Zuwendung beschenkt.

Er, müde von des Tages Ritt, sein Lager aber selbst zu richten hat und das „Fasten" Tag täglich, da Nahrung im wilden Irland dieser Zeit in keinem Supermarkt, (die gab es erst später), zu finden war, sondern nur im Tausch gegen Geld, Gold oder anderen Gaben, zu erwerben waren.

Svenney dachte kurz nach, etwas länger und substanziierter und gab sich dann die Antwort auf seine Frage. Wann gab ich den letzten Penny, der 10 Irischen Pfund, im Tausch gegen eine Köstlichkeit und was war es?

Stew der Einheimischen Eintopf, ein Fraß der Haare auf der Brust wachsen lies und der dafür bekannt war das, das, was in den Menschen hineingelangte, schlimmer sein konnte, als das, was den Körper wieder verließ. Außerdem ein irisches Bier, ein Smithwicks das auf dem Kontinent unter Killkenny bekannt wurde. Eine Mischung aus grottigen Apfel Cider und einer Bierart, für die man in Germanien, mit allen Extremitäten, zwischen 4 Rösser gespannt wurde. Woraufhin vier Helfer den Rappen einen Klaps auf den Hintern gaben, die dann in 4 Himmelsrichtungen davonstoben. Was den Gelenken und Sehnen, des Delinquenten in der Art zum Nachteil gereichte, als das sie rissen und größtenteils in die Richtung des Pferdes mit gerissen wurden.

Übrig blieb dann nur, ein handlungsunfähiger Balg mit einem Kopf daran, der sich nur durch Spucken zu Wehr setzen konnte.

Whisky das Packpferd im Leiden erlöst,
wurde teilweise zu Proviant. Wer glaubt, dass
man Pferd nicht essen kann, der hat keinen
schottischen Haggis probiert. Und kennt die
englische Küche nicht. Diese „Kochkunst" die
genau dazu führte, das England eine
Kolonialmacht wurde. Den viele Seeleute so
wird berichtet, sind nur deswegen in die
unbekannte Ferne, z.B Indiens und Burma
ausgezogen, damit sie mal was Leckeres auf
dem Zahn hatten. Wer einmal zu einem
Plumpudding eingeladen wurde oder eine
Gans mit Minzsoße überlebt hat, weiß, wovon
ich spreche.

Doch was ist mit Soda?

Das einst so stolze, wie weiße Reittier vom
Svenney, ein Schimmel wie aus dem
Bilderbuch war die lange Gefährtin des
Whiskys und des Verlustes ihres Geliebten so
Gram. Das Sie sich erst gar nicht, und dann
schmerzlich widersetzend, von ihm trennen
konnte.

Das ahnen, dass in ihren Packtaschen, die
vorher Whisky schleppte, Teile des stolzen
Hengstes in Ölpapier gewickelt, fett triefend
die Fliegen anzog, tröstete Soda nicht im
Geringsten. Der Appetit wollte sich nicht
mehr einstellen, obgleich die Wiesen um
Limerick saftiger und grüner waren, als alle
anderen Weiden im irischen Land.

Der Mangel an Willen und Nahrungsaufnahme, schwächte die arme Soda Tag und täglich und sie konnte O´Shea nicht länger tragen.

Das treue Pferd, bis zu letzt.

Da Huftiere von Natur aus ein langes Gesicht
haben, fiel dem Reiter dies erst nicht auf ...
wenn er abends an der Keule von Whisky
nagte, die er sorgfältig über einem offenen
Feuer grillte.

Das Leiden der Soda muss hier nicht weiter
beschrieben werden, da der Erzähler, tote
Tiere zu traurig findet. Aber es ward so und
Svenney musste zu Fuß weitergehen, was er
die letzten 3 Tage ausgiebig üben konnte, da
Soda ihn ohnehin nicht mehr trug.

Da stand er, in der Grafschaft Limerick, ohne
Ross keine Verpflegung. Nur mit einem
Bündel, des nötigsten und dem Hinweis des
Barden. Dafür bis zum Knöchel im
himmlischen Lös stehend, von Rehkleinkot
oder einem würzigen Kuhfladen.

Aussichtslos war die Lage dennoch nicht,
denn die Stelle, an der er aus dem Wald
getreten war, den er eine ganze Woche
durchquerte, lag auf einer Anhöhe. So konnte
er den Blick über das mossfarbene Tal nach
vorne schweifen lassen, was eine nette
Aussicht ergab, es war irischer Frühling und
die Wiesen Grün, und feucht und es war
hügelig. Das im Westen, im Süden und im
Norden, nur nicht hinter ihm, denn da war er
ja eben aus dem Tann entkommen.

Der Wald erinnerte sich Svenney gruselnd,
Trolle die da lebten Kobolde und
Otterngezücht, garstiges Gewürm, mit dem er

sich Nacht für Nacht, herumschlagen musste.
Glücklicherweise nur spät, nach kräftigen
Schlucken des Poteen
(Irischer schwarzgebrannter Whisky) der eher
ein Vodka war, da meist aus Kartoffeln
gebrannt. Indem manch launiges Kraut von
Druidenhand gepflückt, mit in die
Steingutflasche eingebracht hatte ....
begannen die Wesen der Nacht ihren Weg zu
ihm zu finden und bedachten ihn mit allerlei
Schabernack.
Sie raubten ihm die Ruhe des Schlafes und
doch zum Morgengrauen, wenn Svenney den
fetten Kater zu kraulen begann, der in seinem
Schädel zu wohnen schien, verschwanden
diese Wesen, genau so wie sie gekommen
waren.
Die Landschaft, die sich vor ihm auftat,
würden wir heute, da unsereiner diese
Geschichte erfahren, mit der Kerrygold
Reklame gleichtun, die so streichzart und
doch frisch aus dem Kühlschrank, dank des
Tropfens Öl's kommt.
Für Svenney der tagelang nur Bäume,
Schlingkraut und Giftefeu zu sehen bekam
und immer und immer wieder, an einem
Felsen vorbeikam, der wie ein sitzender alter
Bauer, mit einem Sack Steckrüben aussah,
war die Schönheit der Natur unsichtbar.
 Was zum einen daran lag, das er im Kreis
geritten und später gelaufen war und zum

anderen, es sich tatsächlich um einen sitzenden alten Bauern handelte, der einen Sack Steckrüben, neben sich stehen, hatte. So war der Anblick der unendlichen Wiesen, Hügeln und wieder Gräsern, doch deprimierend. Ein Umstand, den Irland seine Kunst verdankt, die so berühmte MALT´s zu brennen. Nach deren Genuss der traurige Steinbrocken mit Wiesen, namens Irland wieder halbwegs attraktiv rüberkommt. Schottland hat seine Fertigkeiten im Destillieren dem gleichen Umstand zu verdanken, die Landschaft dort ist auf die selbige Art, extrem beruhigend. Dauerregen der als Nieselregen (mildes Depressivuum) fällt, lässt den Fuß ebenso schön einsumpfen wie in Irland.

Dies ist mein Land, die Heimat der O´Shea´s sprach er und setzte wieder einen Fuß vor den anderen. Eigentlich war der Wald gar nicht so groß, stellte Svenney fest. Er tat, was Wanderer und reisende tunlichst vermeiden, er blickte kurz zurück. Eher war es ein Wäldchen, das er tagelang durchmessen hatte. Er wollte sich darüber Ärgern, aber noch ging es ihm, in dieser Periode seiner Expedition recht gut. Wenn man davon absah, das sein stolzer Hengst und die weiße Stute und sein Proviant .... Reisen heißt aber Opfer bringen, er beschloss sich nie mehr um zu drehen und zurückzuschauen.

Aber genau das hätte Svenney tun sollen!
Es war am späten Nachmittag, überall
geknittiche und Paarungslaute, der Vögel und
unteren Tierarten. Eines schönen
Sonnentages, was ich deswegen erwähne, weil
solche in Irland wahrlich etwas Besonderes
sind, Regen ist typisch irisch.
Von den Einheimischen gefürchtet, denn an
Tagen wie diesen, bekommt ihre vom Whisky
gesetzte Realität, wie die Welt aussehen
würde, ohne Regen und Nebel, immer Risse.
Wie er da spaziert forschen Schrittes und
frohgemut, vor allem seit einem Tag
nüchtern. Was dazu führte, dass er im Wald
mal 1 Stunde geradeaus lief. An dem „Felsen"
der wie ein Bauer aussah, sitzend mit Sack,
vorbei. Letzt endlich dort hinausfand, da
stellten sich ihm die Nackenhaare. Ein
Zeichen, denn das passierte dann, wann
immer sein Instinkt anschlug. Ihm etwas
mitteilen wollte, ihn warnen oder, wenn er
das Fräulein Elisabeth sah. Daheim in dem
kleinen Dorf, indem die O´Sheas ihr Anwesen
hatten. Die „Lissy" war so hässlich, das ihre
einzige Aufgabe darin bestand, morgens die
Eier in der Dorfschänke ab zu schrecken,
indem sie den Topfdeckel anhob und in das
siedende Wasser mit eben diesen Eiern linste.

Elisabeth war die Tochter des Gärtners, der eine große Gärtnerei hatte, in der er die wunderschönsten Rosen züchtete.

Aber auch den Rhododendron für den Adel und gemeine Petunien und allerlei anderes Geblühe.

Doch seid seine Tochter das Licht der Welt erblickte und bei deren Anblick die Hebamme sofort erblindete, liefen die Geschäfte immer weniger gut. Die Rosen verdarben, der Rhododendron verholzte oder entwurzelte sich selbst, wann immer die kleine Lissybeth bei den Beeten spielte.

Svenney tat die Tochter des Gärtners leid, was nicht bedeutete, dass er den Mageninhalt bei sich behalten konnte, wenn die junge Magd ihn ansah. Elisabeth schielte, sie Silberblickte so gotterbärmlich, das arme Ding, welchen Hass musste die Natur haben, ein Mägdlein fein, so zu verunstalten. Dieses schielen, wenn die Kleine Elisabeth weinte, liefen ihr die Tränen den Rücken runter, so weit standen die Blickachsen voneinander.

Später als Eheweib war das praktisch, dieser Hausfrauenblick, links nach der Wäsche, rechts zu den Klammern.

Aber um Hausfrau zu werden, fehlte der passende Freier und so blenden wir wieder zu Svenney, dem sich die Nackenhaare stellten.

Er spürte etwas, da ist was ..... Angst ein

Gefühl, wühlte sich in seine Eingeweide, zog sie zusammen, schnürte sie und lähmte ihn. Aber erst frisch geschworen, nie mehr eines Blickes achtern zu verschwenden, stapfte er weiter . Da überkam es ihn, zuerst als Geräusch, ein sirren und flirren, das zu einem Flattern anschwoll und näher kam, dann sah er erst über sich sogleich vor sich einen Schatten. Die Luft kühlte ab, denn die Sonne schien sich zu verdunkeln. Dann war es über ihn weg und gleichzeitig schlug etwas auf sein ledernes Wams, gegürtet mit feinen Schnallen aus Silber und von zarter Maidenhand bestickt. Svenney sah die Gefahr fliegend entfleuchen und doch fühlte er sich beschissen wie selten zuvor, er Schaute auf sein Wams und es ward so. Der Greif, der ihn überflog, machte eine elegante Schleife, setzte zu einem Steilflug an. Gleich darauf wendete er auf den Rücken und vollendete den Looping, um zu sehen, warum das Männlein da auf Erden so fluchte, erkannte es nicht und setzte zu einem dramatischen Landeanflug an.

Der Greif konnte sprechen, das war das Erste, was Svenney an Merkwürdigkeiten an dem Vogel aufgefallen war.

„Siehst beschissen aus" sprach der Raubvogel. Gott zum Gruße edler Schildherr vom O´Shea, falls ich nicht falschliege.

Svenney dachte bei sich, wenn das nicht irre ist, bin ich kein Ire ..... und setzte an zu fragen, woher der Geier aus dem Wunderland, denn seinen Namen wusste, es gab kein Google.

Doch die Kissenfüllung, Greife haben feinste Daunen und in Limerick werden die besten aller Linnen mit Greifendaunen gefüllt und an den Hof geliefert, sprach erneut,

„O`Shea, ich wurde geschickt, um den rechten Weg zu weisen, mir scheint, ihr habt nicht mal einen Kompass, keinen Plan. Von der Ahnung nur bescheiden benetzt, seid ihr der Tage viele, nur im Kreis gelatscht und jetzt, in dieser beschissenen Lage".
 (Der Greif grinste sein schrecklichstes Grinsen) sehe ich euch schon wieder einher tölpeln und des Weges Ziel verfehlen.

Svenney ein ganzer O´Shea immer Herr der Lage erwiderte forsch,

„ääähh Häää"?
Watt?
Der Greif öffnete die Schwingen, nebenbei und formte mit den Flügelenden einen Zeigefinger, nach dort hin wirst Du Deinen Kadaver sofort entheben. Folge dem Pfad, der wird zu einem Weg führen, halte er sich

immer rechts, gehe dann geradeaus und Du wirst an eine Straße kommen. Dort bleibe rechten Wegs, aber nur ein kurzes Stück, sonst gehst Du ja wieder im Kreise.

Der Greif

Ich suche ja den Kreis Limerick, Svenney
sprach es, doch der imposante Vogel hob
mahnend den Flügel, nur ein kleines Stück,
denn da wirst Du an eben dieser Straße einen
Hinweis sehen. Ihn zu erkennen, wird Deine
nächste Aufgabe.
Deutest Du ihn, wirst Du belohnt und findest
den Ort deiner Begierde ohne Umweg.

„Wie" ..... „So sag mir, wie sieht der Hinweis
aus, nach was schaue ich?"
Der klügste Sohn deines Vaters bist Du nicht,
wonach hält man an einer Straße „Tour de
Horizon", wenn man auf Reisen ist und
erfahren möchte, in welche Richtung man zu
gehen hat, sofern man fremd ist?

„Sag es mir, sag es mir doch" bettelte Svenney
zu dem Vogel, der die Augen theatralisch
verdrehte.
Ein Schild Du Depp, einen Wegweiser, lesen
wirst du doch können, als Sohn vieledler
Lehnsherren??

Sprachs und öffnete die Schwingen, erhob
sich und flog davon.

O´Shea tat wie ihm geheißen und machte
sich auf den Weg. Er folgte dem Pfad, bog
rechter Hand ab, fand den Weg, den er
entlangging, bis er eine Straße kreuzte und

dort wandte er sich sinnvoller Dinge zu und erblickte redlich, ein Schild, an einer Kreuzung!

Duun Bleisce Don, des Irischen gut mächtig, der Festung der Huren übersetzte er, was sich gut traf.

Lächelnd scherte er in die Richtung, schritt weit aus und pfiff eine Melodie die Paul Mac Cartney später, als we all life in a Yellow Submarine veröffentlichte. Von dessen Tantiemen er sich Sussex Süd Essex und weite Teile von Kent kaufen konnte.
Etliche andere Sachen, nützliche sowie die er nur haben wollte.

11 Dun Bleisce Doon, die Festung der Huren

Derweilen in Dun Bleisce Doon   die Festung der Huren.
Dunkel war es rings um ihn herum, der Schädel hämmerte. Musik, Geige, Flöte Gott weis was, säuselte von weiter Ferne, eine schöne Melodie die Paul Mac Cartney später als hey Jude, viele Tantiemen einbringen würde. So das er das Westend Londons, die Docks, Teile von Wales und den Rest von Kent kaufen konnte. Aber alles fühlte sich so unwirklich an, das jucken am Gemächte, der Schmerz tief im Kopf, das was in seinem Mund, Herr lass es einen Priem Kautabak sein, sich festgesetzt hatte und irgendwie, ward ihm dusselig!
Sir Roland von Edinburgh erwachte aus dem Dunst, dem süßen Nebel der ihn die letzten vielen Stunden oder waren es Tage, umgab. Der Dampf, der dem Mohnsaft entstiegen war, der als harter Klumpen dunkelbraun fast schwarz, duftete betörend. Dafür klebrig wie die Möse einer nubischen Wanderhure, mit einem Stück Holzkohle in einer Pfeife, steif wie eine Oboe und ebenso quäkend, in Brand gesetzt, die vom Baader gereicht wurde.

Der Baader, später in der Geschichte gab es
eine terroristische Vereinigung, in
Germanien. Das da schon Deutschland hieß,
aber ich stehe hier unter EID, nichts mit der
Bande der Baader Meinhof, später die RAF
genannt, zu tun hatte!
Der Baader war vielmehr ein Geselle, Mitglied
einer Zunft, eher mit einem Bademeister zu
vergleichen, in einem türkischen Bad oder
HAMMAM.
Seine Aufgabe war es der Huren Leiber und
des Freiers Körper, zu erquicken, zu baden,
salben und allerlei wohlfeiles Gefühl in diesen
ihm anvertrauten, auszulösen.
Dazu gehörte die Massage, das kneten von
Rücken, Beinen, Armen, wie einen Brotteig
immer und immer wieder. Das unter zu
Zuhilfenahme von Ölen und Essenzen. Laken
in Maulwurfsmilch getränkt, die nur in
Vollmondnächten dem weiblichen Wurf
entnommen und auf die Laken verbracht,
dienten dem Wohlbefinden der meist
damenhaften Gäste des Baaders. Indem er die
Leiber darin hüllte, eifrig Kräuter dazu tat
und das Bündel auf eine Bettstatt verbrachte,
auf das Ruhe einkehrte und der Stress aus
jenem Verband entwich.
Der Urururururur Enkel dieses Baaders,
hantiert heute in einem Hotel in
Warnemünde. Er bezeichnet sich als Masseur
und arbeitet in einer Einrichtung, die man

modern SPA nennt. Der wesentliche
Unterschied ist, dass man den Baader damals
wie ein Stück Dreck behandelte, was
ungemein ungerecht ist. Den sein Beruf war
äußerst rein und hygienisch. Er verdiente
wenig, eher schlecht und war auf Trinkgeld
angewiesen. Das nannte er so, weil es seine
Passion, den Konsum irischen Whiskys
befriedigte, der nicht gratis zu haben war.

Der Baader hatte aber in Anlehnung an das
Berufsbild, das wir heute Betreiber eines
Coffeeshops, in Amsterdam nennen würden,
den Auftrag, für süße Träume, Schlummerle
zu sorgen. Er hatte Pfeifen zu füllen diese
dem Gast, die Freier genannten, zu
entzünden ein zu rauchen und das
Mundstück der Pfeife darzureichen.
Ich begann jetzt zweimal mit dem Anfang
eines Satzes der Baader, bevor ich in
Erklärungen abschweifte.
DER BAADER und hier greife ich wieder in
die historisch einwandfrei überlieferte
Geschichte ein, die somit nie niemals von mir
selbst sein kann und jetzt ein dritter Versuch,
der Baader stand genau hinter Sir Roland.
„Noch eine Flöte Sir?"
Er meinte damit eine weitere Traumpfeife mit
dem süßen Vergessen, der Reise durch den
Nebel, der Alles so schön fluffig machte,

Beim Baader

der Schmerz, wurde dank seiner Anteile aus
diesem Mohn, gelindert.
Eine Hafenhure in der Bretagne, brachte ihm
diesen Bonus, einen Tripper. Im
Krankheitsbild verläuft dieser eher
schmerzhaft.

Hebe er sich hinweg, dringende Geschäfte
erwarten mich, sprachs und eilte in die
Kammer, mit dem Herz in der Tür, wo alsbald
übelste Flatulenz davon zeugten, wessen sich
der Schmock entledigte.
Derweil, einen Stock tiefer in einer der
Kammern, welche bewohnt von den Dirnen,
dem Zweck galten, dass Männliche sich ihrer
Triebe hingaben.
„Ich habe es kommen sehen", einer der
geflügelten Sätze, wenn der Wüstling, sich
dem Munde bediente und sogleich er den Saft
spürte, den Schaft aus dem Maule riss und
sein Ejakulat gen das Weibes Gesicht
schleuderte.
In der heutigen Pornoszene wird das
nüchtern als „der CUMSHOOT" umrissen,
was in einer Totalen endet. Das heißt, die
Kamera leicht entgegen schwenkt aus der
Naheinstellung, wo eitrige Flüssigkeit mit der
Konsistenz Kalorien reduzierter Salatsoße.
(Das habe ich aus dem kleinen Arschloch
geklaut) langsam der Schwerkraft sich
beugend, den Gang abwärts antritt, um sich

als Rinnsal auf den schweren Brüsten zu sammeln. Dann weiter zum Nippel zu fließen, wo der schleimige Fluss sich stürzend auf die Vulva tropft, wo er im Schamhaar im Laufe der Zeit und je nach Hygienegelüste der Dirne langsam oxidiert.

Zurück zu der Nutte, die spanische Hafenhuren, nein nicht Lassmiranda denn Sevillia, sondern Maria, nur Maria, nicht einmal Maria Magdalena, dem gleichen Beruf gebunden. Aber schon 1700 Jahre plus einiger Jahrzehnte vorher. Die Schlampe des Messias, heilige Hure, des Herrn seine Liebe, wie man sich bettet, so liegt man. Ja Christus starb am Kreuz, hängend, was dem geneigten Leser ebenso eine Warnung sein sollte, wie jedermann sonst, der im roten Licht wandelt. Maria so wunderschön, sie war schön, schlank wie ein Rhabarber Stängel, sich wiegend im Wind. Hüften deren Gebärfreudigkeit, der Aufnahmefähigkeit in nichts nachstand und das Mieder erst. Prall standen die Melonen zur Ernte bereit. Das schwarze Haar, das so glänzend war, das sogar ein Blauschimmer in der Sonne zu sehen war. Helios die zwar selten schien im Irland dieser Zeit, aber so wahr ich hier sitze und die Erzählungen von damals aufschreibe. Es war so schwarz und glänzend und blauschimmernd, das jemand,

der genau auf sowas abfährt, jetzt mit einer mächtigen Erektion dasitzt.
Konzentration, anscheinend gefallen mir schwarzhaarige Dirnen selber, wenn auch ich eine Aufrichtung niemals zugeben würde.
Liebe Maria, ich muss mich konzentrieren.

Geht nicht!

Überspringen wir die schwarzhaarige Maria und wenden uns der MAMA SAN zu.
Was ist eine Mama San? Ja heute würden wir bei Google finden ...

Der japanische oder eher siamesische Begriff Mama-san bezeichnet meistens eine mütterliche, geduldige Barfrau, die unermüdlich zuhören kann. Zu ihr kommen die müden Angestellten nach dem langen Arbeitstag und erholen sich bei Whisky und Bier. Die Mama-san schenkt ihnen aus ihren eigenen - mit Namen versehenen - Flaschen nach und serviert kleine Happen. Meist einmal im Monat kassiert die Mama-san die Zechen. Viele Unternehmen haben für diesen Zweck sogar eigene Konten eingerichtet.

Mama-san bezeichnet aber vor allem Frauen, mit kontrollierenden Funktionen im Sexgewerbe.

In Siam ist eine Mama San, nur eine Puffmutter, mit allen Pflichten und Privilegien. Sie verwaltet die Bar, teilt die

Mädchen ein und bemuttert sie, nutzt sie aus,
denn das Gewerbe ist hart.
Die Mama San, die höchste Hure im Hause
ist, man ahnt es schon, eine Asiatin.
Eigentlich ist die Mama San, zwei Puffmütter,
Song auf Siamesisch (2) Mamasan´s und das
stimmt.
Die Mamma San ist ein siamesischer Zwilling,
an den Hüften verwachsen, teilen sich
Wannaporn und Supaporn, ich weiß wie
grotesk diese Namen klingen. Trotzdem sind
sie echte traditionelle buddhistische
Ausdrücke, die im heutigen Thailand damals
Siam gerne vergeben wurden und mit dem,
was wir mit der Endung Porn verbinden, gar
nix zu tun haben.
Porn bedeutet in der siamesischen
Mythologie! Wunsch des Buddha.
Ja was wissen wir uns schon, was ein Mönch
aus Nepal sich wünscht, das gleiche eben,
auch er ist nur ein Mann.

Die Mama San, war einst ein Star in Japan,
geboren in Chiang Mai, Siam. Eine Lanna,
halb Mon deportiert aus einem Bordell an der
Seidenstraße. Auf dem dem Weg wo die
Salzkarawanen von Indien nach China zogen,
und das horizontale Gewerbe wegen der
seidigen Haut der Siamesinnen und ihrer
Hingabe an die Reisenden, seine Wurzeln
hatte.

Die Wiege der Prostitution, der Norden
Siams, da wo Tachilek die Grenze des
Goldenen Dreiecks bildet, nach Burma, das
schon bald britischen Einfluss erfahren sollte.
Und der englischen Küche, was von der Sicht
der Burmesen gut ist, denn genau das war ein
triftiger Grund sich gegen die Kolonialmacht
England zu widersetzen.
NO MINZ, war die Devise, der vom ewigen
Pfefferminz, in Soßen, in Puddings wie
Süßspeisen angeekelten Kolonialisierten.

Ich beginne zum letzten Mal mit,
„die Mama San" ja denn diese stand an ihrer
Bartheke, der größten Bar in Dun Bleisce
Doon   die Festung der Huren, ihre Bar hieß
schlicht LOLAS Pinte.

Lolas Pinte, die Chefin(en) Mama San Supa
und Wannaporn, eine siamesische Zwillings
Missgeburt, an den Hüften verwachsen 2
Arme, 2 Köpfe, eine Möse und nein KEINE 3
Titten. Fast alles normal, bis auf die 2 Köpfe
eben, betrat das Etablissement.

Totenstille … direkt beim Eintreten dieser
imposanten Erscheinung. Nur das Quietschen
einer angetrockneten Fotze, die sich zuvor zu
den Rhythmen, eines Songs, den Paul Mac
Cartney später mal als Penny Lane
komponierte. Dessen Tantiemen ihm

ermöglichten Wales, the Islands of Isle, Leicester, Birmingham, Cambridge, Leeds und den Rest von London zu kaufen.

Die Mama trat ein, sie kam, sah und siegte wie einst Cesar, aber wollte es gar nicht. Die Stille gefiel ihr nicht, passte nicht zu dem Ort, der Sünde, der Völlerei, der Huren und dem süßlichen Duft des Mohnsaftes. Dennoch verzehrte sie die Angst, den Respekt, den ihre Erscheinung hervorrief. Sie genoss höchstes Ansehen und Achtung .... die Mama San.

Einst der Star in japanischen Bordellen, da die beiden, die sich so eins sind, wohlhabenden Geschäftsleuten zugeführt wurden. Den was ist eine größere Ehre als einen siamesischen Zwilling, der dazu aus SIAM stammt, zu begatten?

Zwei Köpfe, ebensoviele Seelen, nur eine Herzpumpe, was dumm ist, wenn eine von beiden dahin siecht. Die andere das gebrochene Herz, herrührend des Liebeskummers, in Irland broken Heart genannt, ebenfalls empfindet. Was Paul Mac Cartney zu einem Song inspirieren würde, der ihm zweifellos Coventry, Manchester, die Reste von Leeds und das komplette London zu kaufen ermöglichen würde.

Ihr nüchterner Blick, sie hatte, seid 2 Stunden nichts Festes gegessen, erfasste Yukomi Fuutzuuueng, eine ehemalige Geisha.

Man munkelt .... nein irgendwelchen
Gerüchten geben wir keine Nahrung,
deswegen die Fakten:
Yukomi Fuutzuuuueng, Dirne aus Kyoto,
verschleppt von durchgammelnden irischen
Fischern, angeheuerten Häschern.
In den heutigen Tagen sind diese Treiber, den
Casting Teams gleich zu setzten, welche die
Frau zum Bauern oder Bachelor führen und
damit ihr Geld verdienen.

 Yukomi aber, stand da neben der Bar in
ihrem KI MO NO.... ich erwähne es gerne,
denn es ist wahr und ich steh auf so etwas,
der Kimono war aus feinster Seide. Schwarzer
Naturseide, Ornamente aus Lotos und einem
sitzenden Buddha, was zusammen passt,
denn zufällig ist die Lotosblume das Symbol
Buddhas.
Dieser Kimono, war nicht sorgfältig
verschlossen, er klaffte wie ein Kaftan auf und
der Blick fiel auf die Brüste. Derer nicht drei
und nicht einer, sondern wie Zwillinge 2
neben und beieinanderlagen. Die dünne Seide
spannte, trotzend der Oberweite. Sie konnte
nicht verhindern, dass die Warzen, die wie
Stahlstifte, welche die Marine in den Kiel
trieb, um die Spannten mit dem Rumpf zu
verbinden, haltbar zu vereinen, lüstern,
provozierend emporragten. Währe der
Kleiderbügel schon erfunden, welchen Spaß

für den Galan, sein Hemd an eben diesen, dort auf zu hängen.

Yukomi die Sünde, Fleisch geworden und schon mit 14 Hot. Scharf wie ihr handgeschmiedetes Oshiri-Schwert, das einst ein Mönch ihr übergab, mit den Worten, nimm das.

Was Yukomi tat und es seitdem bei ihr war und das sie trug, in einer speziellen Scheide. Weswegen man sie den stählernen Gaumen nannte, nicht weil Sie Chili ohne zu röcheln schlucken konnte, sondern, sie es oral aufnehmen konnte, das Schwert.

Aber es gab einen weiteren Trick, mit dem Sie Ihre Gegner verwirrte. Wenn Sie die Waffe aus der Scheide zog, wahrlich wie es dort hineingelangt ohne die Kriegerin zu verletzen, und dann so schnell gezogen werden konnte, aus der gleichen Rille, sie ihr Wasser abschlug, ein Phänomen.

Die personifizierte Sünde.

Wieso ich diese Schlampe so ausführlich erwähne, kann ich jetzt gar nicht mehr sagen. Sicher weil ich einen Hang zu Asiatinnen habe. Ich garantiere nicht, dass sie später nicht nochmal auftaucht, aber wahrscheinlich tut sie es nicht.

Ich mag eben Kimonos.

Wir befinden uns in Irland, aber bisher nur williges Fleisch aus Asien ....

Weit gefehlt, Cloe eine gebürtige Irische. Deren Eltern aber von dem Festland stammen und leider aus dem Land, das Oberschenkel und Unterschenkel, einer grüner Lurchart als Delikatesse abstempeln.

Sie ist Blond, blaue Augen ..... eher germanisch, aber nein sie ist Irisch mit Wurzeln aus der Bretagne, ein Hybrid, wenn man den Kontinent und vor allem Froooonkraisch, mit der Grünen Insel Tribut zollt.
Ist Cloe für die folgende Geschichte von Belang?
 Momentan sage ich mal nein, aber doch. ...... ich glaube nicht.

In einem Porno von Russ Meyers würde sie eine Rolle spielen, die Hauptrolle, 96 DDD tripple D ohne Silikon, das es im alten Irland gar nicht gab, machte sie zu einem heimlichen Star in MAMA San´s Pinte!
Wir werden sehen.
Die Festung der Huren, das war der Name des gesamten Ortes, im Übrigen bis heute in Irland genau so zu finden, womit ich mich mit meinem Namen verbürge. Dieser indes tut hier nichts zur Sache.
Aber so ist es.

181

Natürlich muss ich dem Film, der im Kopf
abspult, ein bis mehrere Filter auflegen. Den
sicher darf man sich diesen Ort Dun Bleisce
Doon, nicht als eine Burg, eine Mauer, einen
Wall vorstellen. Eher eine Festung gemörtelt,
grob behauen und Waffen strotzend.
Kanonen die wie ein Phallus in den Himmel
mit 90 Grad aus der Mauerritze starren.
Zinnen die wie Tittchen oder Brüste geformt,
auf den Wällen thronen.
Huren wie Amazonen, all überall auf den
Mauern. Eros verteidigend und garstig wider
jedes Eindringlings.
Nein, Dun Bleisce Doon, ist ein absolutes, ein
armseliges, gotterbärmliches Dreckskaff und
das dazu, in Irland liegt. In Limerick, dem
Südwesten von Sir Irish Moos, ach aber nein,
dieses Rasierwasser wurde erst später
bekannt.
Dun Bleisce Doon, damals wie heute und
früher, ein Loch. Hier und genau hier wurde
der Begriff, das Wort das Geflügelte geprägt,
„ich möchte hier nicht, TOT über dem Zaun
hängen".
Ich persönlich, würde lebend weniger gerne
über einem der Zäune dort aufbammeln, aber
das ist nur meine Ansicht, bescheiden halt die
eigene Meinung.
In Dun Bleisce Doon, regnete es öfters, als im
Rest Irlands oder Englands und Wales, Nebel

gab es im Durchschnitt mehr, als anderswo
auf der Insel.

Recht clever von der Natur, die damit die dort
lebenden Menschen nur Schützen will, denn
wer geht bei Sauwetter vor die Türe und
innerhalb, der Wohneinheiten in Dun Bleisce
Doon, war es gar nicht mal so übel.

Ausnahmen bestätigen wie immer die Regel.
Vielleicht komme ich später im Text, dieser
garantiert historischen Überlieferung dazu.
Wahrscheinlich vergesse ich es aber wieder,
den es gibt ja so vieles zu berichten.

Der Nebel hat die positive Eigenschaft, das
ganze Elend einzuhüllen. Fotografen und in
der Epoche soll schon manches Silbersalz auf
Glasträgern zu einem Bild belichtet worden
sein, was nicht stimmt, denn Daguerre hatte
diese Idee erst 1837, im 19 Säkulum.

Zumindest aber und so ward es überliefert die
Camera obscura vom 11 Jahrhundert und Ende
des 13 Jahrhundert zur Sternenbeobachtung
eingesetzt worden.

Vor allem auf der Insel, in Greenwich gab es
Camera Obscuras in Raumgröße.

Wobei die Linse 1550 wiedererfunden wurde
und man schon Bilder auf Papier herstellen
konnte.

Ein wenig abgeschweift, die Bremse gezogen,
was ich dem geneigten Leser vermitteln
wollte, ist der Nebel gnädig, er hüllt jenes

extrem langweilig bis widerwärtige Nest sanft
ein und der Fotograf beschreibt dies mit dem
positiveren Wort MONOCHROM. Genau so
ist Dun Bleisce Doon, sterbenslangweilig.
Gäbe es da nicht, Gebäude mit sehenswerten
Innenseiten und pulsierenden Leben. Z.B
Lolas Pinte, aus denen, der dem Leser dieser
Zeilen geneigte Erzähler mehreres zu
berichten bereit war. Sollten Sie das nicht
glauben so blättern sie einige Seiten zurück,
all das war dort und hat sich so wie berichtet,
zugetragen.
Was bisher unerwähnt blieb, wird sich in den
folgenden Seiten erschließen.
Lolas Pinte, lag am Dorfende, das Gebäude
rechtfertigte diese Lage, denn es war hässlich
und obszön, alleine die Farbe, der Fassade,
welche die Eigentümerin sicher, zum
Zahnbelag gewählt hatte, war grausselig.
Dazu bissen sich die Holzintarsien, die
kunstvoll kitschig, an ein paar gespreizte
Beine erinnernden, Balken die den Türstock
bildeten. Diese Idee stammte von Cloe.

Eine Klingel gab es nicht, denn Edison hätte
dazu schon im 18 Jahrhundert leben müssen.

Hinein gelangte man trotzdem, denn es gab
einen Klopfer. Ja man ahnt es schon,
Hurenfestung, es war ein Körbchen DDD, mit
heute würde man sagen einem

Nippelpiercing, dass man klopfend auf eine Holzplatte schlagen musste. Der Schall, der frei wurde, weckte Gesinde, welches den Einlass Begehrenden einließ. So war das damals.

Eingetreten war man rasch, aber weggetreten schneller. Den passte Deine Visage dem Ostiarius oder dem Pförtner nicht, heute nennen wir solche Figuren konkret Alder, krasses Türsteher. Dann passierte es gerne, dass sich etwas waaaaaaaahnsinnig schnell von links näherte, was sich leicht als Backpfeife herausstellte. Nicht gefährlich, aber ebenso schmerzhaft wie vermeidbar. Schaffte man es, an diesem Ostiarius vorbei zu kommen, stand man dann im Schankraum. Was er ja war, denn gesoffen und eingeschenkt, wurde dort reichlich. In Fachkreisen nannte man es aber den Animierbereich. Ich selbst finde den Begriff für dümmlich, denn die Chefin und die erste Hure, beiden hießen gar nicht Ani oder Anim und der Bereich, war eh für alle da, von daher, nennen wir es die Schänke.

In diesem Schankraum gab es Regeln. Nur die Christen hatten 10 Gebote, eigentlich 13, nur Moses der Trottel, lies ja 3 Tafeln fallen, als er vom Berg stieg. Das hat zum Glück keiner gemerkt und die Anhänger des

Christentums hätten noch mehr Verbote. So habt Freude Leute, Frohsinn.

 Die erste Regel lautete,
Die Mama San hat das sagen.
    Die zweite Regel lautetet,
Hört auf die Mama San.
    Die dritte Regel lautete,
alles läuft, wendet sich und dreht sich um,
in und mit der Mama San,
    Regel Nummer 4 war eher so eine
allgemeine Belehrung, der Mama San
entsprechend.
    Regel 5 dagegen, war sehr speziell, weil sie
Irgendetwas, mit Mama San zu tun hatte.
Weitere Bestimmungen erörtere ich gerne auf
Anfrage, aber sie sind Abhandlungen, was bei
Verstößen der Regeln 1-5 so alles passiert.
Da reicht jetzt der Platz nicht, manche
Angelegenheiten, die dort beschrieben
werden, appetitlich ist nicht das Wort der
Wahl.
Im Schankraum passt von daher als Begriff
besser als Animierbereich, weil dort wurde
einem gerne mal eingeschenkt, und damit
meine ich nicht in Krügen und Bechern.

Geprügelt wurde dort rund um die Uhr zu
jeder Zeit. Der schwächste und aller
Kraftloseste, war man nur schlapp, konnte

man Glück haben, das keine Kapazität frei
waren und man in Ruhe saufen konnte.
.

Brot und Spiele, die gab es ja in Rom. In Lolas
Pinte gab es Suff und Scherereien, man hatte
beim Eintritt ein Recht erhalten mit einer
Garantie sogar belegt, das man Ärger
erwarten könne und solchem zum Opfer
fallen würde. Es gab genug für alle.
Jeder Gast, niemand wurde als solcher
behandelt, war sich beim Eintritt bewusst,
Rechte die er im Leben nicht hatte, dort erst
Recht nicht zu bekommen. Darüber hinaus:
Sollte ein Privilegierter, Edelmann eintreten,
wären diese Rechte Perdü.
Perdü bedeutet nur dahin, klingt aber
mächtig besser und Lesen bildet ja. Ihre
Gesprächspartner werden begeistert sein,
wenn Sie Perdü mal einfließen lassen,
nebenbei.
Einem der Triebe, den niedersten folgend,
wird der Blick gebannt, von erst mal gar
nichts. Tritt man ein in diese Kaschemme,
wider der Vernunft des menschlichen Seins,
nur stur aus gutem Grund.

Ist in diesem Drecksloch und ich rede nicht
von dem der Mama San, sondern dem
Schankraum. Dem man einen Vergleich mit
dem unter der Kittelschürze verborgenen
Organ der Mama San, nicht zumuten darf.

Den verglichen mit dem weiblichsten und heiligsten, der Mama, ist sogar der Schankraum, ein Hort der Hygiene.

Dunkel war es, allerlei verwuchs auf den Balken. Seltene Farne, Schirmlinge und es rankte von hier und da. Welche Lebensform der Fauna herrschte erfahren wir, aber die Flora, ohne Licht und Luft, wuchs trotzdem parallel.

Dort das Leben, genährt vom Erbrochenen, dem verschütteten, den Körpersäften und dem, was zäher den Leib verließ. All das Sperma, verschleudert, vergeudet, dass nie Leben spenden sollte, hier eine neue Chance bekommend, sich zu verbinden mit anderem Auswurf. Den eins ist gewiss, eine der Regeln die sechste oder siebente, besagt klar, NICHT Wischen und wenn man den Laden so betrachtet, die am härtesten durchgesetzte Regel.

Das Vorankommen ist schwer, der Fuß sumpft ein. In Lachen aus Bier, dem Gesöff und Gebräu, meist illegal gebrannt, dem Schleim und Rotz, dem trief und wenn Liebe durch den Magen geht, hier wird nur knallharter Sex verkauft.

Was hier durch den Bauch wandert, kommt oft schnell wieder heraus, bevor der Abort erreicht ist, von dem die meisten ohnehin flüchten, weil an Wänden, wie an Boden und Decken Dinge existieren, die kein Almanach

188

je katalogisiert hat. Die aber dennoch da sind und von denen ich überzeugt bin, dass Oden und Hymnen, welche gedichtet wurden, von Lindwürmern und allerlei Ungemach, ihren Ursprung fanden, an diesen Wänden. Das Ungeheuer von Loch Ness, hab es gesehen, ich schwör im Pissoir, kleiner und umso konzentrierter.

Beleuchtet wird die Spelunke zum Schutz der Gäste dürftig, Fenster die es mal gab, sind, wie nennt man das, wenn Schichten neuen Materials, übereinander dicker und stärker wirken, als die Balken links und rechts, die den Rahmen bilden? Verdreckt?

In Gläsern flirrt der Glühwurm, in 100 Stück 100W(urm) oder 60 Stück für 60 W(urm)... nicht Watt, die eigentliche Einheit war ein gW ein glüh Wurm und sorgte für ein stimmungsvolles Licht.

Romantik suchte hier niemand, diese Illumination, indem selbst die geädertste Nutte aussah, als wäre sie 16, eher 12, denn die Dirnen in Lolas Pinte die schon 16fach, den 16 Geburtstag begossen haben, sahen aus wie 45. Hässliche Huren, die alles feilboten, was zu rammeln sie bereit waren, zu geben. Körperöffnungen, welche die Natur zum Sehen vorhielt, das Glasauge aus der Höhle gepolkt, es wurd gerne genommen. 4 Loch Huren waren sie genannt, es gab bräsige und es warteten Amputierte, es gab exotische und

hässliche, es gab sogar extreme, aber feine,
reine und junge, nur die waren weniger
gefragt, als die Abart, das „spezielle".
Liese man den Blick über die Freier in spe
schweifen, wunderte man sich kaum.
 Da waren die kaputten, die zerstörten, die
nichts habenden, die siechenden, frierenden,
Schwärenden, Eiter gebeult, Tripper
zerfressen von Hepatitis geschlagen.
Der Bodensatz der Gesellschaft

Und der Eddi ....

Eddi war der Lude, der Mama San, der
Besitzer der Immobilie, ein Wiener uund äär
röd im Winaaaa Schmääh, woas nööd jöööder
verstööhd, a wenns er Irisch schwääädzt, dör
Aggzääänd is Kwasi adapdiiierddd.
Kiss dii hoaaand gnäää frau, mei saaans ihra
Lippa blauu, woas an Staaandaaaart Schbruch
vom Eddie, wenn er mal wieder eins der
Flitscherl, wie er sie nannte, gemaßregelt
hatte.
In Wien hatte er die Schnallen, alle in der
Heizler Gasse anschaffen geschickt. Er war
erfolgreich mit seinem Model der strengen
Handkante. Die zeigte er jedem seiner
Mooodäääls wie a sööö gnaaaant hood, weil
Dirne so verrucht klang, wenn die Einnahmen
die sie ihm ablieferten, nichts mit der

Vorstellung zu tun hatte, was sie hätte
abliefern sollen.

Eines Tages aber, machte der Eddi einen
Fehler. Und zwar den, dass er nicht glauben
konnte, dass der Gendarm Eugen Rutlitschka,
sich nicht bestechen lassen würde. Wie eben
alle Kollegen vorher, was daran lag das
Rutlitschka an Göööld, wie an Würfelzugger
gehoobt hodd, er hod an Gölld wie
Würfelzugger, du bist a Schlugger, war seine
Devise, die er dem Eddi so mitteilte. Eddi
verstand eine Menge Spaß und war äußerst
umgänglich, nur genau an diesem Tag nicht,
da fühlt er sich fad, nöd auffam Dammm,
woaast...

ER hörte sich den Vortrag vom Rutlitschka
an, kam nicht überein und dachte woaas
soools, no dann bring iih ön hoald uuum.
Dies tat er ohne Umschweife, pikant, die
Mordwaffe, war die Prothese der einbeinigen
Hure von Linz. Aber halt und langsam, nicht
etwa das überziehen der Beinprothese, über
den Schädel, des Rutlitschka, war des
Ablebens stärkster Freund. Nein, als döööaaa
Eddi die Brooodsöön obbagschnolld hooaad,
hoaad sich döör Roook vom Flidscherl, dem
liderlichen, gehooobn döö Schlaambbbn,
woas so Fett, wenns döö Strabsen auffizogn
hood, s wor wie wööns a Giddarn stiimst.
Ja und da pfiff er dann der Straps, als die
etwas füllige Oberschenkel in Wallung das

Strumpfband spannte und dehnte und verzog.
Bis der Punkt erreicht war, den man
wissenschaftlich so umreist, ein durch
Polymerisation gewonnener dehnbarer Stoff,
kann so lang gezogen werden, also das freie
Feld der Elektronen, so weit gedehnt werden,
bis, ... ich machs kurz. ... Bin eben aus
meinem Erzählfluss gekommen, reißen oder
bersten wäre die Kurzformel.

Ja der Straps pfeift, so nennt man das, und dieser pfiff ordentlich, denn er durchschlug das rechte Auge Rutlitschkas. Dann wickelte er sich einmal um den Hypothalamus samt umgebendes Gewebe und zog sich genau dort, in die Ausgangsposition zurück. Was zur Folge hatte, dass Rutlitschka sagen konnte, er hat seinen Tod kommen sehen. Klar, und zwar durchs Auge, dem Eigenen.

Eddi blieb nur die Flucht, denn auf das Ableben von Gendarmen, wider der Natur herbeigeführt, stand der Kerker. So fleuchte der wüste Besitzer der Mordwaffe erst zu den Briten, dann nach Irland, wissend das Österreich keinen Zugang zum Wasser hat. Den Bodensee ausgenommen, aber der ist nicht internationales Gewässer, taugt nur für eine Invasion in der Schweiz oder Deutschland.

Jooooooaaaa dööööör Eddddiiii, oan Schlaaawiiiner issa.

So redet man von ihm, von Wien, über St. Pölten, Linz nach Salzburg.

Die Geschichte vom Eddie, wie er vom Prater über das Steirische, zur Festung der Huren gelangte. Dort der Mama San seine Aufwartung machte, und vom Strietzl, der Haizlergasse, zum irischen Profiluden wurde. Zurück in döaan Buuuff, mit dem Vorstand der Mama San und dem Betreuer der Mädels dem Ääddiee, dem ooalden Wappler.

Es war frühester Morgen, zu zeitig für das gehobene Management des horizontal Start Ups, um schon fit zu sein. Um irgendeinen Gedanken und sei der noch so bösartig, festhalten zu können und darüber zu sinnieren, wie aus diesem Bedenken, eine Form von Kapital ein Vorteil zu schlagen sei. Kurz, ...es war Viertel vor 4 PM, oder 15:45 für die Digitaljugend.

„Heute muss Dienstag sein",
Hörte man eine Stimme aus muffigen Timbre und einem Falsett aus Überspanntheit. Sowie das breiige Schmatzen, das nur ein Porridge so verzerren konnte, das es sich anhörte, als schlurfe jemand mit Stiefeln durch die Suhle, von Pinkie, dem Hausschwein.

„ich komme mit Dienstagen einfach nicht zurecht", sendet es aus dem Off weiter.

Es folgte, eine Folge von Pausen unterbrochen von einem eintönigen Schmatzen.
„Dienstag lamentierte es weiter, vom Teufel gemacht, um die Tüchtigen zu strafen,"
kauen, lamentieren, mampfen.

Würde sich dem Schwätzer, jetzt nicht schon ein Stiefel nähern in der Absicht, dem Gesicht des da vor sich hin Seibernden, eine Verunstaltung zu verpassen. Darauf bedacht,

im Maul des störenden einen bleibenden
Eindruck zu hinterlassen, mit dem arglistigen
Wunsch, dieser möge verstummen. Würde
der hier Berichtende, welcher ich die Ehre zu
haben scheine, diesen Monolog auf meine Art
beenden, indem ich die Passage durch
drücken der DEL Funktion lösche.
Der Stiefel fand sein Ziel, doch kraftlos, ob
der frühen Stunde ohne eine Tasse, des guten
Tees welcher die Lebensgeister so manchen
Morgen frisch belebt hatte, verfehlte dieser
den Effekt, der Absicht in der er geworfen
war.
Das Lamento erstarb, langsam wuchs ein
beachtlicher Körper mit haarigen Bewuchs
und Hautekzemen. Welche an eine
Champignonzucht, bei anhaltender Dürre
erinnern.
Einer Nase der Offenporigkeit, auf die
Genusssüchtigkeit des Besitzers schließen
lies, dass dieser dem irischen Goorg-O-Gorm
Whisky wie dem Gin-O-Fizz zugetan war.
Der nach wenigen Schlucken wirkte, wie ein
in Brenneselblätter gehüllter Ziegelstein, der
direkt durch die offene Schädeldecke, ins
Gehirn getaucht wird. Dabei zu
unkontrollierbaren Glücksgefühlen, gepaart
mich Breichreizkontrolle, im Einklang mit
surrealen Wahrnehmungen führt. Ein
Zustand, den Goorm, so hieß der Besitzer des
eindrucksvollen Zinkens, zu gerne für sich

vereinnahmte und Zeit für diese
Beschäftigung erübrigte.

Meistens fing es harmlos an, er genehmigte
sich einen Gin -O -Fizz oder lieber den Goorg
- O- Gorm Whisky. Der aber nicht immer im
Vorrat der Mama San verfügbar war. Von der
Wirkung eher an mit Disteln, die in
Zitronenscheiben, zerstoßen wurden,
erinnerten, die über den Umweg des Rachens,
bis zum Hirnstamm geschoben werden und
mit vor und Zurückbewegungen, dem Putzen
gleich, dem Trinker Befriedigung schaffen.
Die Destille garantiert zu 100%, das jeder
noch so klare oder unangenehme Gedanke,
nach dem Genuss einer ordentlichen Portion,
des Tropfens edler Art, Vergangenheit würde.

Seinen Spitznamen Goorm, verdankte er
diesem Trunk, den irische Volksstämme
erfanden, um ursprünglich Schweine von
Borsten zu befreien. Was ein Bestandteil auf
der Liste der Zutaten ist, welche diesem
Brandt, seine zersetzende Kraft spendet.
Auf den ersten Fusel folgte das warten, auf
das der Trunk seine Wirkung zeige. Meistens,
so die Überlegung des Gorm, vertraute er
diesem ersten Drink nicht und so schüttet er
einen zweiten hinterher. Damit dieser dem
Vorausgeeilten im Magen etwas Gesellschaft
leisten könnte, wobei dieser seine Hemmung
verlöre und den Alkohol in den Kreislauf

abgeben würde, zu zweit würde das sicher Spaß machen.

Nach diesem Schritt, einen Abend und die kommende Nacht für sich angenehm zu gestalten, folgte meistens, ein Fizz. Das mal nachsehen solle, was die anderen Drinks da so treiben, gefolgt von einem weiterem, weil er den beiden Goorg-O-Gorm zutrauen würde, dass diese den einzelnen Fizz ungnädig behandeln könnten, quasi als Verstärkung. Das Vorhaben macht dann einen mächtigen Durst. Was gibt es da besseres als ein frisch am Nachbartisch ergattertes, wenn vom ursprünglichen Besitzer unter Flüchen eher entwendetes Ale, Porter oder drusisches Gerstenkorn Ensemble? Welches mit einer Malznote brilliert, die eine Konsistenz von Irisch Moos Rasierschaum, als Blume auf das Glas schäumt.

Derart gestärkt und frisch durchblutet, setzt Goorm dann seine Experimente fort. Indem er je nach Bestandslager der Mama San'schen Bar, weitere Humpen mit Hochprozentigen, zu der Party, die anfängt in seinem Magen, einen Anfang zu finden, hinzu zu senden. Auf dem Höhepunkt der Partys in Goorm's innersten, ist der sonst garstige Goorm, noch unausstehlicher. Vor allem für die Tischnachbarn. Deren verschiedene leicht und Schwerbiere unter Androhung eines Fausthiebes, schnell von der Tischplatte, aus

den dort stehenden diversen Krügen ohne
weitere Umweges, z.B durch einen Humpen,
oder Trinkschädels direkt auf den Dancefloor,
in Goorms Magen gepumpt werden.
Die Nachbartische geben gerne. Den das
Verhältnis des Preises für einen Krug des
Bieres und derer 2, 3 und mehr, liegt weit
unter der Summe in Guinnies oder
Goldstücken, die für Zahnprothesen sowie
Glasaugen investiert werden müssten, wenn
man Goorm seine freundlich vorgebrachten.

„Gib her Wicht, sonst knallts".
Nicht entsprechen würde.
Goorm, war für den Eddie nützlich, so
beschützte er seinen Gönner, die Huren und
hatte andere Aufgaben. So z.B Knochen von
säumigen Freiern zu zerbersten oder
Schuldnern. Welche den Zins und Zinseszins
und den vom Eddi erfundenen
Zinseszinseszins, der da obendrein nochmal
draufkam, nicht zahlen konnte, dabei zu
helfen über ihre Situation nach zu denken.
Gegebenenfalls Wege zu finden, geforderte
Gelder an Eddi zu übergeben. Goorm hatte
enormen Erfolg, dank seiner Größe, die nicht
nur bei den kleinen Iren beachtlich
anzusehen war.
Goorm dachte nicht nach, über den Schmerz,
die Erlösung und des seins. Des Werdens und
nochmals des Leides, das er vor allem

austeilte, aber auch einzustecken bereit war,
fände sich ein ebenbürtiger Gegner.
Er war ja ein Säufer, ein gewalttätiger und
somit zum Buddhisten per se schon nicht
geeignet. Dieser noble Charakterzug verhalf
Goorm seine Geschäfte ordentlich und zur
vollsten Zufriedenheit für Eddi zu verrichten.
Oft gab es für den Schläger einen gratis Bonus
vom Chef, wenn er dem Schuldner statt einer
Kniescheibe, beide zertrümmerte und der
Rest der Beine, zum gehen nie wieder Lust
dazu hätten.
Dies und das sogar Eddi den Goorm fürchtete,
verbrachte diesen in die Position in Lolas
Pinte. Er selbst sein zu können, ohne
irgendwelche Zwänge, wie zivilisiertes
Benehmen, Mitgefühl oder Reue zeigen zu
müssen.
Einem Geschäftsmodell wie Lolas Pinte
müssten aber an diesem Punkt, die zahlenden
Gäste wegbleiben, die Freier und Gauckler,
die Barden und Zocker, die Stecher und das
Publikum eben, die sich von Goorm so
belästigt fühlen.
Aber Lolas Pinte, der Mama San war etwas
Besonderes und das in jeder Hinsicht.
Nur dort bekamen alle, die diesen Ort
aufsuchte, genau dass was sie suchten,
brauchte und zu gerne haben wollten.
Diese Begehren waren vielseitig und
verschieden und nicht nur erotischer Natur,

wie man einem Hurenhaus nahelegen würde wollen, sondern doch durchaus vielfältiger. Das Dart an sich, wird in jeder irischen Kneipe, dem Pub gespielt, aber in diesem brutalen Hort, kranker Phantasien spielte man eine eigene Variante. Eine Spezielle, die ich nicht ausführlich beschreiben werde. Als Zielscheibe dient der jeweilige Gegner, der nur in Lendenschurz als Zielvariable herhält. Variable deswegen, weil und das macht dieses Game of Thrones so heikel, er ausweichen darf, muss und soll.

In Lolas Pinte gibt es verschiedene Games of Dart und diverse Varianten dieser, beliebt ist das Dirnen Needle Pilow, das dahingehend dem wüsten Volk im Lolas Spaß macht. Da das Ziel ist, den Pfeil auf den dargereichten Allerwertesten von Wamba, der Schrecklichen zu werfen, der ehemaligen Edelhure dieses Etablissements. Die aufgrund ihrer Leidenschaft zu Toffes und fettigen Gebäck aber vor allem den geliebten Prall Linnen, nein das ist schon richtig geschrieben. Diese Linnen haben nichts mit dem gewirkten Leinen zu tun, welche über Bettgestellen ihre Verwendung finden, sondern sind hochzuckerhaltige Konfektkörper. Die Sorte, welche mit Schokolade und Honig durchwirkt, zu etwa 400% Zucker bestehen, was zwar physikalisch gar nicht möglich ist. Wäre da nicht die

Tatsache das diese Prall Linnen existieren und deren Dichte, eben 4-mal schwerer wiegt, als der Konfektkörper an Masse verdrängen würde. Tät man diesen nach Archimedes in Wasser tauchen.

Tatsächlich ist dieses Konfekt von solcher Kompaktheit, das eben diese Schleckerei bis zum entdecken der schwarzen Löcher und ich rede von denen im Weltall, als das dichteste und schwerste Material galt, das es bis dahin gab.

Der Zusatz Prall vor den Linnen, bezeichnet den Zustand, in dem man sich nach dem Genuss von nur einem 10 tel, dieses Konfekts fühlt und außerdem, die Zukunft einer Feinschmeckerin, die diesen Versuchungen zu oft erliegt. Sie wird nicht nur Fett, sondern Prall.

Wamba, war nicht immer die Schreckliche. Früher war sie die Zarte, wie Elfie von der zu berichten sein wird.

Doch nun war Wamba so fett, aber nur an ihrem Allerwertesten, dass Sie erst neulich vom Ochsenkarrenlenker Frodo über den Haufen Gefahren wurde. Dieser Argumentierte, wenn er seinen Ochsenkarren um das fette Weib gelenkt hätte, der Ochs vor Entkräftung gestorben wäre, ob des Umweges.

Das war kein guter Tag für die schlanken Beine, des unglücklichen Weibes. Weil die

abgenommen werden mussten, so das
Wamba, nach einstweiliger Genesung von der
Amputation, auf diesem Podex hüpfend sich
bewegt.
Ihrer Luxuskörper Einnahmequelle beraubt,
verdingt die Arme sich, indem Sie ihren
Hüpfarsch, dem Gejohle der Mannen
präsentiert, die denselben mit Ihren Pfeilen
traktieren.
Natürlich spielt man in Lolas das ordinäre
Dart, das aber ich nicht der Grund weswegen
sich Nacht für Nacht, so zahlreiche Gäste dort
einfinden und das trotz des Goorm, der alle
nervt.

Da wären dann, die burleske Show,
schlüpfrige erotische Tanzdarbietungen. Sehr
ansehnlicher Frauen die in der Nähe zum
Pöbel auf einer Bühne stattfinden, Gesang
und Darbietungen kurzweiliger Art
gestalteten, diese doch angenehm anzusehen.

Der Star aber war Elfie, die in einer anderen
Ecke der Schenke mit der besonderen Art,
ihren Platz hatte.
Elfie the Wisp, bedeutet das zarte Geschöpf.
Sie ist die Schwester von Will-O- the Wisp,
übersetzt das Irrlicht, was nur zur hälfte
stimmte, den Will-O war zwar komplett irre,
aber mit Sicherheit keine Leuchte und im

Licht betrachten sollte man diesen Will – O
ohnehin nicht.

Will-O und seine Schwester Elfi, haben als
Kinder immer gerne an den Stangen gespielt.
Zwischen denen ein Seil hing, zum Trocknen
der Wäsche von Aunt Beve, was übersetzt
Tante und Dame bedeutet, was Sie gar nicht
ist. Sie war schon die Schwester der Mutter,
der beiden Wrangen, aber eben keine Lady.
Zumindest nicht erfolgreich, denn niemand
behandelte den Drachen als eine Frau, der
man gerne die Türe aufhielt. Aunt Beve
bekam sie meistens vor der Nase zu geknallt.

Ich erwähne das kindliche Spiel der beiden,
an eben diesen Wäschestangen nur, um selbst
eine Idee zu entwickeln, was ich über Elfi the
Wisp zu berichten weiß.

Die Geschwister verloren ihre Mutter recht
bald, nachdem der Vater mit einer
durchreisenden Wanderhure, über die See
nach Frankreich durchgebrannt war. Wissend
wo der Sparstrumpf von Bonny, so der Name
der Mutter versteckt war. Bonny bedeutet aus
dem Französischen entnommen, im Irisch,
Gälischen hübsch und verdammt nochmal, so
wahr ich diese Geschichte erzähle, Bonny war
verflucht attraktiv, sowas von hübsch,
hässlich das einem das Herz schwer werden
konnte und die Augen bluteten. Der Vater

war ein Barde einer jener Gesellen, welche ihren Schmerz, ihren Gefühlskram und anderen Gedöns in Worten, als Ode, Ballade oder Folk, in Reimform mit Musik an weitere weitergeben konnten. Und er tat es, nachdem die Wanderhure dem Vater, den Sparstrumpf ebenfalls entrissen hatte, um diesen mit einem weitaus attraktiveren Galan durchzubringen. Der außerdem andere Qualitäten hatte, die an fiktive 20 cm, Gemächteslänge des Gatten, mit echter Länge und Querschnitt punkten konnte, ja das war ein ganz anderer Phall.

Kurz Mr Boombastick hatte einen Mordsprügel und so sehr ich versucht habe, diese Tatsache zu umschreiben, weil ich eher konservativ denke. Ich tue es für die Leserinnen und bin ja für Gleichberechtigung, wenn ich die Vorzüge der Dirnen ja schon etwas mehr als nur umreiße.

Der Galan der Wanderhure, hatte Bestes vorzuweisen, im Vergleich zum Vater der Wisps und die Sparsocke war im Besitz der Schlampe.

Traurig und einsam, ohne ein Nickel, oder einen Centime, saß der Barde am Ufer der See, die ihn von Bonny und den Kindern trennte. Er sinnierte und empfand etwas Reue und Schmerz, in dessen Herz, wenn er an Bonny dachte, und so holte er die Klampfe aus seinem Sack und begann.

.... Er zupfte die Saiten, er drückte am Holm,
der Laute und sang sein Lied:
„My Bonny is over the Ocean, my Bonny is
over the Sea."
„My Bonny is over the Ocean" ist ein gemein
freier, traditioneller schottischer Folksong,
der erstmals 1882 von Charles E. Pratt als
bring Back My Bonnie to Me veröffentlicht
wurde. Das Stück wurde 1961 durch die
Beatles weltweit populär und hat sich zu
einem Evergreen entwickelt.

Worauf Paul Mac Cartney, von den
Tantiemen sich den Rest von Essex Sussex,
London, die restlichen Teile von Kent,
Wembley, Glasgow, Sheelds und Liverpool
sicherte, von wo aus die Beatles ihren
Siegeszug starteten. Aber davon wusste der
Papa von Whill-O und Elfi, gar nichts, als er
diesen Song, voller Schmerz, gegen die
Wellen seines Liebeskummers um Bonny
ansang.

Wüsste Paul Mc Cartney um all dieses, mit
Sicherheit hätte er das Dorf Dun Bleisce Doon
umgehend gekauft und die Grafschaft
Limerick, zusammen mit Limmerick.

Derweil des Vaters Weisen, zu den Waisen
über den Ozean schwebten. Die Mutter hatte

Vor lauter Kummer und Sorgen, über den Verlust Ihres Ersparten und den daraus resultieren Folgen, die Geschwister nicht ernähren zu können, Konsequenten gezogen. Sie hat sich mal eben in der Pause erhängt.

 Klein Will-O und Elfie the Wisp spielten emsig an den Wäschestangen.
Das sah so aus, das Will-O daran hochkletterte und seine erwachende männliche Libido entdeckte. So wie wir Knaben es vom Turnunterricht bei Beginn der Pubertät, wenn die Kletterstange zwar den Erfolg verwehrte, nach oben zu klettern, aber in den unteren Regionen so komische Empfindungen wach wurden.
Bei Elfie sah das anders aus, grazil schlängelte sie sich um die Stange, schwang sich empor, zirkulierte kreisend auf und nieder, entfaltete die Beine. Dann sank sie wieder abwärts und spreizte so lieblich, dass es eine Freude war. Die drehte sich, verwand sich an der Stange und tänzelte, sprang die Strebe wieder an und rotierte, wendete sich, den Rock vergessend der auf und nieder, aber meist mehr freigebend als verhüllend, ihre Schenkel umspielte.
Manch hier lesender wird die Wallung, welche dem Will-O durch die Lenden schoss, diesem Anblick zuteilen, und wer weiß schon

wer recht hat. Entweder Stangengefühle oder Unkeuschheit der Schwester gegenüber.

Elfi brachte es aber zur Perfektion, schon in der Schulzeit präsentierte Sie ihr Talent, der gaffenden männlichen Menge, die Schaum vor den Lefzen hatte bei diesem Anblick.

Elfi hatte schon von klein auf diesen Sprachfehler, sie konnte keine S - Laute aussprechen. Und wann immer man sie unterbrach und sie wieder tanzen wollte, sagte Sie Lap Dance statt Lets Dance. Was sie eigentlich meinte und noch heute ist von Dallas bis Vegas, der Lapdance der von kurvenreichen Schönen an den Stangen vollführt wird, berühmt.

Ja Geschichte kann bilden, und so war es dann, so ist der Lapdance entstanden, vielleicht.

Sie, nur Sie war es, die Scharen an wilden, raubeinigen, stinkenden, wenn auch parfümiert, Säufern in die Lokalität der Mama San zog.

Elfi, the Wisp, das Waldlicht, weil Sie sich so grazil, so lautlos und anmutig um die Stange schlängeln konnte, wie es nur das Waldlicht ebenfalls kann. Nur um die Bäume, die Farne umstreichend, sich im Tau brechend, ihre erotische Darbietung, lies jedermann und auch so manche Frau, den Goorm ertragen und immer und wieder in die Hütte der Mama San zurückkehren.

Ohne Sie hätte die Oberhure, längst zugesperrt. Der Lude, wäre wieder zum Kontinent hinüber, was in ähnlicher Manier später passierte, der Eddie wurde IN-Kontinent, aber nicht in dieser Geschichte, die ich ja zuerst zu Ende erzählen werde.

So war das in dem Dorf Dun Bleisce Doon der Hurenfestung, dessen Haupttraktion eben die Pinte der Mama San war und ist, mit all ihren Beteiligen.

Natürlich gab es einen Bürgermeister, eine Polizei, eine Feuerwehr und den Dorfschmied und Barbier, Mc Foolish. Praktischerweise waren alle 5 Personen, der gleiche, nämlich Mc Foolish, der aber auch Kämmerer und für die Pflege, der Gemeindeanlagen zuständig war. An Arbeit mangelte es nie, zumal er in der Kirchengemeinde als Küster und Totengräber fungierte, nebenbei als Hausmeister, Anstreicher. Für die Suppenküche der Wohlfahrt hatte er ebenfalls Verantwortung übernommen, und zwar als Koch und in der Ausgabe der Zuwendungsstelle. Das Leben ist eben kurz, schlafen kannst Du nachts oder wenn Du tot bist, Foolish musste mit dem Ausruhen auf Zweites warten, denn er war auch in der Nachtwache, als Hauptmann, Korporal und Gefreiter.

Mittlerweile nähert sich der Star dieser Überlieferung, für die ich bürge, Svenney O´Shea der Festung der Huren, langsamer als erwartet, denn allerlei Ablenkung wurde ihm geboten.

12. Die Leiden des jungen Aiden

Aiden, in seinem Dorf verachtet und gehasst, da er nicht nur dumm, sondern dreist war, was ihn dummdreist machte. Eine gefährliche Mischung, negativer Charakter Eigenschaften, gepaart mit unehrlich und triebhaft. Dafür aber im Wort charmant und für die Weiber gutaussehend, was sicher einer der Hauptgründe, für die folgende Zeremonie war.

Man verbrachte den zappelnden, um sich schlagenden, bockigen, unter den traurigen Blicken des anwesenden Weibsvolkes, zum Dorfausgang. So manche Grazie verdrückte ein bis unendliche Tränchen. Welches sich die vom harten Leben sonst so trockenen Äuglein extra aufgespart haben, um diese in einem passenden Augenblick zu vergießen. Und da liefen sie, kullerten, rannen ja reichlich, Agnes die wilde Witwe des Captain Burns, Rotz und Wasser würde es treffen, was da so die Bäckchen hinab rann, an Augenwasser.

Der Dorfrand ist schnell beschrieben wie
Krautwick, in der Grafschaft Limerick, doch
eher ein kleines Städtchen darstellte.

Sicher kein hübsches dafür lag es am Meer,
was es aber gar nicht besserte, weil aus
welchen Gründen auch immer, das Gewässer
der Stadtkasse Konkurrenz machte, beides
kannte nahezu nur die Ebbe.
Warum, die Gezeiten in Krautwick sich nicht
an dieselben hielten, wusste man nicht.
Manche vermuteten, es läge daran, dass selbst
der Mond, nachts mit der Stange
hochgeschoben werden müsse. Andere
glaubten, das Wasser flösse unterirdisch
einige Meilen vor Krautwick ab, was eine gute
Theorie war, da sie besser als die andere und
vor allem logischer schien.
Einige behaupteten Wasser hätte ja einen
guten Geschmack, wenn salzig und als solche
reichlich mit Aroma gesegnet, hat es das
Wasser nicht nötig, bis an den Strand von
Krautwick zu schwappen.
Weswegen der Ort nie ein Magnet für die
spätere Surferszene werden würde.
Tourismus in Krautwick war selten, zum
einen, weil es keine Kreuzfahrten gab. Was
gar nicht stimmte, den Kreuzzüge z.B wurden
reichlich unternommen, diese aber an
Krautwick vorbei. Meist in Länder, die nicht
christlich waren, deren Eingeborenen es aber

werden sollten. Eine Wahl gab es
überwiegend nicht, zum anderen gab es
weder die Ochsenkarrenlinie und keinen
Flixbus, dieser wurde erst einige Jahrhunderte
später in Dienst gestellt.
Heute aber, da Aiden zum Stadtrand
verbracht wurde, hatte Krautwick erlesene
Gäste. Zum einen Sir Isaak Brobonborough,
der Vorleser, bei der Queen war und nur in
der ER form vorlas,
„was hat ER getan, hebe ER sich hinweg",

 womit er die herablassende Art seiner
Königin, karikierte. Zum anderen Lisa van de
Houten, die Tochter eines Kakao
Milchmischgetränke Herstellers, wie er sich
selbst vorstellen würde, der aber nur ein
Helfer in einer Milchbar war. Der auf
Anweisung Kakao und Honig in den Bechern
verrührte, zugegeben eine
verantwortungsvolle Aufgabe. Den in
Slachtenhaagen/ Holland wurde bei den
wenig Spaß verstehenden
Slachtenhagenenern, schnell mal der Satz in
den Ring geworfen, Ick slaacht diir ab, Du
Radde ... was erahnen lässt, woher der Name
dieses beschaulichen Ortes kommt.
Beide Pioniere der Tourismusbranche, die in
diesen Zeiten weder boomte, noch bekannt
war, standen am Ortsrand, der gleichzeitig
der Strand war, und ließen ihr Augenmerk

über die Bucht schweifen, bis Sir Isaak B.
Bemerkte
„Hey sie haben den Ozean schon fast fertig".
Lisa van Houten schwieg, um die Bedeutung
dieses Satzes zu unterstreichen. Und weil das
arme Ding, bei der Geburt einige Zeit mit der
Nabelschnur um den Hals, vom Gebärsessel
baumelte. Die fehlende Luft die 90% ihrer
damals schon schütteren Hirnzellen
verbrauchte, weil Ihre Mutter und die
Hebamme in einer Runde Bridge vertieft
waren. Lisa war das dreizehnte Kind, der
irischen Mutter, die vor genau 12 Jahren nach
Holland ausgewandert war, und zwar von
Krautwick aus. Was eine Erklärung ist, wieso
Lisa so schmerzfrei und unglücklich das Licht
der Welt erfahren hat und warum Sie in
Krautwick war.
Die Bedeutung und schwere der Aussage, die
haben den Ozean bald fertig, schwang im
Äther. Da wurde Aiden am Strand abgelegt,
ein mitgenommen aussehender Mob, setzte
sich um den Delinquenten und man rief den
Stallburschen.

Either, ein stämmiger Depp, den man nicht
mal zum Bier holen schicken konnte, in den
Pub, wo man außerhalb der Öffnungszeiten,
sein Killkenny oder KrautEX Port bekam. Mit
dem man jedes Unkraut zwischen den
Blumenkohlereihen, vernichten konnte.

Es gab den Trick des 24h Services, später wird man einen solchen Laden Tankstelle nennen, den in Irland damals, gab es Öffnungszeiten. Der Trick um an Belalkoholische Ballallen zu kommen bestand darin, dass man einen Schilling, oder ein anderes irisches Geldstück in einen Schlitz werfen konnte. Die fallende Münze, erzeugte ein Pliiing, in einem Kasten, dieser Ton weckte Kator auf, der geschwind, ein blondes oder ein dunkles zapfte, jenes dann in den Ausschank, der in der Mauer eingelassen war, stellte.

 So mancher Vater, Lehensherr auch faule Socke, nutzen diesen Service und schickten, Knecht, Magd, die Kinder zum Mundschenk. Außer EITHER, Either sandte niemand, denn der ist nicht nur dumm, der war ein Tollpatsch. Das äußerte sich z.B in dem Umstand, das er es nie schaffte den Guinni, den Taler, Schilling oder Hosenknopf, Kator war kurzsichtig, in den vorgesehenen Schlitz zu verbringen. Jedes Mal stürzt er vorher und verbog das Geldstück, das dann nicht mehr in den Einwurfschlitz passte, so blöd war der. Aber mit Pferden konnte er. Und wie er das konnte, er mochte Rösser, er mochte seine Tante Molly und wenn man sie so betrachtete, liebte Either wirklich nur Pferde. Den Molly hatte einen gewaltigen Überbiss in

dem langen Gesicht, indem Ihr Gatte
Malcom, das eine oder andere Mal, nach
einem großen Durst auf Kraut EX Porter, das
Zaumzeug irrtümlich befestigt hatte.
Pferde, das war sein Leben und er lebte wie
eins.
Er wohnte im Stall bei den seinen Liebsten
und oft sang er Ihnen etwas vor, wenn sie
unruhig waren, meistens einen Ohrwurm
dieser Zeit, der in etwa so ging ..."Allllllll
myyyyyyy Loooving", später würde Paul Mc
Cartney von den Tantiemen, Glasgow, den
Rest von Liverpool und eine Anzahlung für
eine Kaufoption der Issle of Weight berappen.
Das heißt, die letzten Raten bezahlen.

Either, brachte unter dem Applaus der am
Strand wartenden, Kortex einen lahmen
Klepper, eine Schindmähre, die nicht zur
Salami taugte, weil man fürchten müsse,
irgendwelche dummen Gene in sich
aufzunehmen. Den der Gaul war komisch,
unberechenbar und so sollte er zusammen
mit Aiden das dörfliche Städtchen verlassen.

Das sollte so stattfinden, dass man Aiden
verkehrt herum auf den Pferdelederhaufen
auf Hufen schnallte. Dem Kortex eine
verpasste und auf seine Unberechenbarkeit
hoffte. Die dazu führen sollte, dass entweder
der sich aufbäumende Kadaver, des Kortex,

216

den Aiden zerschmettert, zerreibt oder anderweitig zerstört. Andernfalls das beide Hüllen, aus Bindegewebe, Muskeln und Flüssigkeit, welche dem Ozean am Strand guttäte, sich dahin trollten, und zwar für immer.
Während der Mob sich anschickte, die Körperlichkeit von Aiden auf die des Kortex zu fixieren, verlass der Bürgermeister ein Schriftstück, das er extra für diesen Anlass verfasst hat.

Der Ortsvorsteher, Ihro Gnaden Mc Kinzley, spätere Erben verteilten das Anwaltsbüro dieses Mc Kinzley dann als Sozietät in die ganze Welt, um Recht zu verdrehen, worin Anwälte sich auskennen.
Wohlmeinend erklärte er, wie man sich verhält, wenn man sich in einer hoffnungslosen Situation befindet:
Freuen Sie sich das es das Leben bisher so gut mit Ihnen gemeint hat.
Wenn ihre Existenz, nicht so wohlwollend mit Ihresgleichen umgesprungen ist, was angesichts Ihrer derzeitigen Situation als wahrscheinlicher gilt, dann freuen Sie sich, das der Schrecken jetzt ein Ende hat, in seinem Beginn, denn das Ereignis steht bevor.
Aiden indes befragte sein Inneres, ob er denn so bereit sei für all das Kommende, er fragte

sich über die Zukunft, wird sie nett zu mir sein?

Wie es denn ist, so verkehrt herum auf dem Ross, und befand, das er es gut getroffen habe. Den man hätte ihn ja nach unten hängend, am Kortex fixieren können und das wäre auf jeden Fall, leidlich unbequem.

Jetzt war der Kaplan an der Reihe, er segnete das Duo und kramte seine Bibel hervor, die zerlesen und daher unvollständig war. Nicht weil er sie jemals gelesen hätte nur einfach so, vom Gebrauch her, denn sie eignete sich, um die Messdiener zu züchtigen, indem man sie dem Frechling um die Ohren klopfte. Am Küchentisch ebenso brauchbar, denn ein Tischbein war zu kurz.

„Alles wird in Tränen enden, so sprach der Herr, am Anfang wurde das Universum erschaffen, was ein Schritt in die falsche Richtung war, so jedenfalls ist es geschehen. Mein ganzes Leben wusste ich, das auf dieser Welt Böses geschieht, aber es ward nur die normale Paranoia und die bekommt jeder."

So und ähnlich näselte der Kaplan, monoton den Sermon herunter, den weder Gott dem seinen, noch ein Jünger es je aufgeschrieben hatte.

Im Dorf wurde vermutet, das der Kaplan des Lesens nicht allzu mächtig ist. Vielleicht war er nicht mal ein Geistlicher. Aber als der alte

Pfarrer Mc Intosh, von der
Franzosenkrankheit zerfressen, wie seine
Leber, die nicht nur die Syphilis, sondern
auch den Messwein verkraften musste.
Diesem Wein fröhnte er in Ausübung seines
Dienstes an Gott und der Menschheit. Bis er
mitten in einer heiligen Messe verschied.

Böswillige und negativ denkende Beschreiben
seinen Tod, als ein Sturz im Vollrausch von
der Kanzel. Näher bei Dir mein Gott soll er
gelallt haben. Was aber für jeden der dort
anwesenden deutlicher zu verstehen war, als
die üblichen Predigten, die er sonst zu halten
pflegte.
Diese war durchaus einprägsam, anders als
die meisten Vorangegangenen. Die oft in
wüsten Beschimpfungen und Beleidigungen,
der Dorfbewohner gipfelte, keiner nahm es
ihm übel, einige trugen es dem Pfaffen etwas
nach, eventuell alle, aber man sprach nicht
darüber. Wozu ?, da waren sich die Bewohner
eins.
Viele von Ihnen sagten sich, 6 Tage schuften
und am 7-ten Tage, früh aufstehen, nur um
von dem Trunkenbold zu erfahren, dass man
in der Hölle endet. Ne da bleib ich zu Hause,
dem Pfarrer gefiel es, denn so früh hatte er oft
die Kittelschürze seiner Haushälterin an, die
ihm tiefe innere Befriedigung gab. Seine

weibliche Seite wie er sie nannte, die er
ausgiebig erforschte.
Heute beobachtet man, vor allem in der
katholischen Kirche, diesen Hang zum
Kleidchen tragen, Gott zu Dir, mein Geläut ...
herrlich frei fühlt man sich, aber ich schweife
wieder ab.
Was, bitte oh Herr wird den mit Aiden
passieren, unterbrach Fitzgerald der kleine
Messdiener, seinen Chef.

„Ich lehne die Beantwortung dieser Frage ab,
weil ich die Antwort nicht kenne".
„Allein der Herr weiß", sprach der Kaplan.

Aiden meldete sich,
„mir ist unwohl, ich fühle mich etwas schlecht
und dieses Gefasel, zu fromm, um wahr zu
sein."
Heute muss Donnerstag sein, mit
Donnerstagen hatte ich immer meine
Probleme".

„Zum Glück ist heute Dienstag",
meldete sich Fitzgerald unter seinem
Messekleidchen.

„Dann ist es der Magen" stellte der Verurteilte
erleichtert fest und es begab sich, Aiden
übergab sich.
Sofort

„Hier sitze ich und kann nicht anders,"
formulierte Aiden einen Satz, denn in
veränderter Form später jemand
Bedeutenderes sagen sollte.
Was ihm einen Eintrag in Wikipedia
bescherte. Hier am Strand von Krautwick aber
niemand verstand, für Aiden änderte es
nichts, Wikipedia gab es ja noch gar nicht.
Da saß er auf, der Aufsässige, verkehrt herum
und keines Pferdes Hals oder Mähne trübte
seinen Blick voraus. Seine Aussicht war FREI
und auf das Verlassene gerichtet, die Füße
unterhalb des Rosses Leib verschnürt, an den
Steigbügeln, die Arme hinter dem Rücken
gegürtet, mit des Leders feinster Riemen.
Eine Melodie flog an seinem inneren Ohr
vorbei. Er spitze die Lippen und pfiff sich eins.
Allways looking the Bright Side of Life, pfiif
pfiif , mit Hilfe der Tantiemen, John Cleese
von der Truppe um Monthy Python, später,
von Paul Mac Cartney Kent und halb Sussex
zurückkaufte, weil er diese Grafschaften für
sich beanspruchte.

Der Mob indes, prüfte einmal den
einwandfreien Sitz der Fesselung.
 Deren Grundelemente später in den 1970
igern, als Dreipunktgurt in selbstfahrenden
Wagen, mit dem Slogan erst klicken dann
starten, eingesetzt wurden.

Die Prüfung ergab keinerlei Beanstandungen, außer das dieser und jener Prüfer befand, dass die Fesselung zu locker sei und jeder von ihnen zurrte einmal nach. Bis jemand feststellte, dass sich das linke Handgelenk, drohend vom Arm zu entfernen gedenken, würde, sollte man fester anziehen.
Man könne aber etwas lockern, um das Leid des Aiden zu verringern, was wohlwollend ignoriert wurde.

Aiden glotze entsetzt um sich, er hatte sicher Angst, dass es bald zu regnen anfangen würde, aber im Grunde verstand er nichts vom Wetter.
Er beschloss, sich zurückzulehnen, so weit es die Fesseln erlaubten und einfach nur entsetzt zu sein.
Ab mit Dir, irgendwer aus dem Mob gab dem Kortex, auf dem Aiden so entsetzlich, fassungslos einher schaute, einen Klaps.
Ein anderer, tat ihm gleich und landete seine Pranke auf dem breiten Pferdearsch. Nichts passierte, zumindest nicht das, was passieren sollte, den Kortex, das Pferd in Gang, besser in Trab zu bringen. Und gemeinsam mit dem blanken Entsetzen des Aufsitzenden dem Horizont nahe, und dem Ort ferne zu tragen.
Der Delinquent drehte die Augen, röchelte, gab uriges Tonwerk von sich, schaute irre und

nicht gescheit, das der kleine Fitzgerald
erschrak und sich fürchtete, der Kaplan nahm
in beruhigend in den Arm. Fasste ihn näher
und gab seinen ganzen Trost. Zu grausam der
Anblick für den Knaben, doch da passierte es,
Kortex zog an, machte einen Satz, einen
Blitzstart bockte auf und nieder und setzte
sich in Gang.
Aiden überrascht, in seinem Irrsinn
aufgegangen, konnte es nicht ausgleichen und
rittlings nur umgekehrt rauschte sein Kopf
einen Bogen beschreibend, direkt in des
Pferdes Ende. Bevor ich lange
Drumherumschreibe, mitten in den
Pferdearsch. Smaaack so das Geräusch, bei
der Ausfuhr des Schädels aus dem
Enddarmtrakt hörte es sich Glubberiger an,
würde Karl May diese Geschichte gekannt
haben, er hätt Sie für Old Shurehand 2 erzählt
und von den Tantiemen, Göttingen anteilig
erwerben können, auch wenn er eher Sachse
war, ich meine Karl May.

Fitzgerald schaute zum Kaplan auf, vor dem
er hockend kniete, eine Stellung, die sonst
nur im Seitenschiff der Abtei eingenommen
wurde, unter Ausschluss der Öffentlichkeit.
Und von der der Kaplan erklärte, sie sei die
christlichste, neben der Stellung der
Missionare, die ihm aber so gar nicht
einleuchtet, da er es lieber ad Verbo, von

hinten gerne hatte. Der Kaplan fragte besorgt, seinen Schützling, ob er den Blick des Aiden fürchtete. Dieser schüttelte den Kopf und sagte, da er den braunen Schleier angelegt hätte, wurde die Angst von ihm genommen und er könne das Antlitz ertragen, hier und alle da.

So machte der Aiden sich auf den unfreiwilligen Weg, nichts ahnend was er erleben würde, wen treffen und woher der komische Geschmack kam, auch das Pelzige auf der Zunge konnte er sich nicht erklären.

Gerne hätte er der Gruppe am Strand gewunken, aber wie sollte das gehen, so gebunden wie er da saß auf Kortex, dem Rappen, mit dem er verbannt wurde.

13. Svenney immer noch auf dem Weg

Zurück zum Helden, dieser Geschichte dem O´Shea, ja der wurde bisher vernachlässigt. Aber was hätte ich, euer Erzähler den machen können?

Sollte ich schreiben, und Svenney lief und rannte und lief, vor allem seine Nase lief, in den Nächten, wenn es feucht war. Würde ich euch langweilen, mit er tat Fuß vor Fuß setzend sein Bestes, dem Ziel näher zu kommen. Ich bin der Erzähler, ihr solltet mir vertrauen, zu berichten was berichtenswert ist, nicht irgendwelcher Mumpitz. Ich könnte Produkt Placement anbringen, aber das gab es doch gar nicht und ich will das nicht, zumindest nicht vor der Fertigstellung, dieser Erzählung. Oder wenn mir jemand eher zufällig von diesem, nennen wir es Projekt Wind bekommen würde, die Sache für gut befindet und mir dabei im Vorbeigehen, einen Umschlag mit Bargeld, in die Gesäßtaschen der Jeans gleiten lassen würde, steuerfrei ....

Klar bin ich käuflich, meiner eins verkauft ja dieses Buch, ich hoffe es zumindest.

Svenney, seit er zweimal abgebogen, dem rechten Pfad folgend, der linke führt, ins

Nirwana, gab es wenig bis gar nichts zu bemerken. Weshalb ich euer ergebener Erzähler neigte, etwas von Aiden zu berichten.

Was ihn umtrieb, forttrieb, und jetzt bin ich wieder beim Star, dieser Geschichte Svenney, der die Bernadette liebt, die schöne und reine Augenweide, ja lacht nur, ich habe sie durchschaut.

Nein bisher gab es nichts Berichtenswertes, außer das Svenney hier abbog, da einkehrte. Noch ein paarmal abgebogen ist, immer dem Weiser nach, der den Weg zeigt.

Ein paar Begebenheiten gab es ja doch, nichts was der hier lesende nicht schon kennen würde, sondern eher, na gut, ihr seid neugierig, so befriedige ich eure Gier, aber ihr werdet enttäuscht sein.

Nach allerlei Kreuz und Gabelung, erreichte Svenney den Ort Limerick, in der Grafschaft Limmerick ...

14 Limerick in Limmerick und was ein Limerick ist

Die historische Stadt Limerick am Ufer des mächtigen Flusses Shannon ist unkonventionell, lebendig und einzigartig. Ihr besonderer Charme wird Sie faszinieren: von der wunderschönen georgianischen Architektur und großartigen Museen bis zu den rugbyverrückten Bewohnern.

Georg, der diesen Stile prägte, neben 3 weiteren Schorsch's, die indes nichts Geringeres als Könige waren. Wobei Georg der Erste, war als Herzog geboren worden, aber dafür konnte er nichts.

Immerhin aber war er aus der Linie der Welfen, später wurden die Welfen bei den Antimonarchisten berühmt. Durch Ernst August, der gerne an Pavillons pinkelte und daher, der Pippi Prinz genannt wurde. Neben seiner Leidenschaft, seine hübsche Frau zu drangsalieren, prügelte er gerne auf Paparazzi ein. Diese gab es schon zu Zeiten dieser Geschichte, nur nannte man sie vornehmer, Hofberichterstatter. Prinz August den Prügelprinzen zusätzlich zu der anderen Affäre, belassen wir es bei PPP (prügelnden,

Pippi machenden Prinzen). Nein nicht der von der bekannten Keksrolle, auch wenn dieser vielen auf den Keks geht.

Der Typ auf der Prinzenrolle, ist keiner von den hier genannten, wie eben erwähnt.

Georg I Vater war, schon ein Ernst August, ob dieser gerne an Pavillons urinierte oder seine Frau schlug, ist nicht überliefert, nicht bis zu mir. Aber in Namensgebungen sind diese Monarchen eher wenig erfinderisch, denn nach Georg 1 gab es Georg II, Georg III und VI. Ja und die prägten den Baustile, in Limerick, wie nach Ihnen Victoria, weswegen es dann viktorianischer Baustil geheißen hat.

Wobei niemand jemals Königin Victoria oder zuvor einen der Georgs, auf einer Baustelle gesehen hat. Höchstens wenn ein Gebäude fertig war, zur Einweihung und der Party. Den Partys mochten diese gelangweilten Monarchen ja alle, wozu hat man denn die Steuerabnahmen oder wie sie ja heißen Steuereinnahmen. Obgleich ich Abnahme besser finde, weil man hat das Geld dem Volk, ja abgenommen. Georg der Erste, musste zuerst mal von Braunschweig, das damals schon so hässlich war, nach Irland kommen.

Seine Familie, die ihn intern Görgen nannte, was nicht besser klingt als Georg, aber zu seiner geistigen Schwerfälligkeit und dem phlegmatischen Auftreten am besten zu passen schien, benannte Görgen, als verantwortungsbewusst und gewissenhaft. So bekam der Georg eine umfassende Fürstenausbildung, ja der Adel muss lernen und dies tat Georgi mit großem Eifer. Schon mit 14 Jahren, nahm der junge Fürst an seinem ersten Krieg teil, weil Schlachten waren damals schon beliebt bei den Adeligen, die ja am wenigsten Risiko zu tragen hatten.

Warum er aber ausgerechnet im holländischen Krieg gegen Frankreich kämpfte, als Braunschweiger Welfe, das ist ebenso ein Mysterium wie der 30-jährige Krieg. Indem zur Mitte hin, schon jede Partei, jeglichen Überblick, über Kampfhandlungen, Gegner und generell verloren hatte.

In den Städten hatte man damals jede Menge Banner und Flaggen. Auf dem Ausguck stand extra jemand, der die anrückenden Horden lokalisieren sollte, sodass … wenn eine Stadt clever war, man das Banner der näher kommenden Bestien hisste, um zu signalisieren, äätsch ihr habt uns schon besiegt.

Einige Horden nahmen da keine Rücksicht, den Plündern, Brandschatzen und Vergewaltigen, war ebendies die einzige Freude in diesen 30 Jahren. Man gab sich dem Pläsier nur zu gerne hin. Georg gammelte von

Krieg, zu Eroberung und stellte sich auf diesem und jenen Schlachtfeld. Ganz wie es für Herzoge die eine Fürstenausbildung genossen haben, geziemte. Im edlen Wams, eher abseits, zu den seinen. Er überlies alles den Bauern und Schmieden, die man zu Soldaten erklärt hatte, um die eigenen Händel mit anderem Adelsgesockse zu klären. Heute funktionieren Kriege genauso, nur das eben Politiker ihre Komplexe und gekränkten Gefühle auf ein Schlachtfeld bringen. In der Tradition der Könige, immer schön in Sicherheit, denn das Militär blutet für einen, oft die eigene Bevölkerung, aber daher kommt der Begriff Kollateralschaden.

Über den großen Türkenkrieg kam Georg dann nach Ungarn, um an dem gewaltigen Feldzug, teilzunehmen.

Von dort wiederum zu den Niederlanden, wieder gegen Frankreich, es war das Rückspiel, und eben da lerne er John Churchill Duke of Marlborough, der nichts mit der Cowboy Zigarette zu tun hat kennen, alleine schon weil es anders geschrieben wird.

Nach derlei Barbarei, Blut und Sühne, reiste Georg auf Betreiben seiner Mutter gen England. Zu den englischen Verwandten, am Königshof und dann wird es wirr und windig.

Weil Mama wollte das Georg sich für Sophie von der Pfalz interessierte.

Aber das tat er nicht, vögelte lieber mit seiner Mätresse herum, währen Sophie von der Pfalz wollte, dass er Georg sich für Prinzessin Anne interessiert. Was aber nicht gelang und wenn man die letzte bekannte Königinnentochter Anne betrachtet, die eine Ähnlichkeit mit ihrem größten Hobbys, das Reiten, mit den dazu benötigten Pferden hatte, kann man den Georg durchaus verstehen. Es ging hin und her, drunter und drüber, das drüber soll dem Monarchen gut gefallen haben. Die Mätresse heiratete dann einen Hofrat, ob das von Glück gekrönt wurde, geht uns so wenig an, wie es mich und den geneigten Leser sicher interessiert.

Warum?

Weshalb, so mag sich der eine oder andere fragen, erzähle ich das alles, anstatt vom Helden Svenney zu berichten! Es ist viel interessanter ein kurzes Expose des Königs Georgs zu erstellen und etwas über Limerick in der Grafschaft Limmerick zu erzählen, als vom Svenney, deswegen!

Den es ist noch immer nichts passiert, das die Leserschaft in einen Bann ziehen könnte. Oder das geneigt wäre, dieses Buch zu schließen, weiter zu verschenken mit dem Hinweis ich fand es langweilig.

Georg indes der zu dieser Zeit, nicht der Erste war, sondern nur Georg, zog weiter in Kriege, man kann angenehmer reisen und ein Land erkunden. So war es nun einmal und warum sollte ich die Geschichte falsch erzählen?

So traf er dann in Spanien ein.

Zuvor rüstete er das größte Heer im Reich, Lüneburg – Celle aus, was man heute kaum glauben mag, wenn man mal aus Versehen nach Lüneburg fährt oder um Celle herum, da es eine prima Umgehungstrasse gibt.

Aber wie wurde aus dem Görges der Georg I, ich habe das recherchiert und finde die Monarchie eher langweilig. Bis auf König Heinrich, aber um den geht es ja nicht.

Es begab sich, das England sich mit dem Papst überwarf, was nicht schwierig ist, denn die Ansichten waren damals schon von gestern, wie sie es bis heute geblieben sind. Der Papst als Vertreter Gottes auf Erden, ohnehin eine Anmaßung.

 So beschlossen die Engländer, den Act of Settlement, als das Parlament, dass damals schon so aussah wie heute, mit diesen Perücken und so weiter, was eigentlich ganz cool ist.

Laut diesem Settlement sollte die natürliche Erb- Thronfolge umgangen werden. Das Gesetz schloss somit, 56 Katholiken erst mal, aus der Erbfolge aus, was die Angelegenheit spannend machte.

Was dann passierte, nannte man Game of Thrones. Das heutzutage als eine Serie in zahllosen Staffeln, in der vor allem männliche Genitalien präsentiert werden, zu einer nahezu unglaubwürdigen Geschichte, die jeder historischen Prüfung unmöglich standhält, bekannt ist.

Die Stelle aber in der die blonde Königin nackt durch ihr Volk stakste unter dem monotonen Gebrabbel einer Mutter Oberin, „Schande.Schande....Schande".... hat mir gut gefallen.

Ich werfe das nur ein, weil bei Svenney immer noch nichts passiert ist und die Zeit ja überbrückt werden muss. Ich machs kurz, es wurde in Georgs Leben liederlich und kompliziert, und dieser heiratete jene und andere. Selbst Katholiken wurden benachteiligt, äääätsch und Protestanten bevorzugt und genau so einer war Georg Ludwig.

Immer noch nicht der Erste, aber bald würde er es sein.

Zu Georg I wurde er, genau nach der Thronbesteigung, er löste das Haus der Stuarts ab. Welche seit dem 13 Jahrhundert, die königliche Hauptlinie stellte, nichts bleibt ewig und Maria Stuart könnte davon berichten. Den Ihr Leben wurde, aufgrund eines Urteils, wegen Hochverrats, an der englischen Königin Elisabeth, diese Monarchen haben keine Einfälle für Namen, hingerichtet.

Auch wenn bei Svenney immer noch nichts Berichtenswertes passiert ist. Es sei denn Ihr liebe Leser seid geneigt, zu erfahren, das er bei Kilometer 33 über einen spitzen Stein gestoßen ist. Dem Lieblingssatz der Hamburger bis heute, um das arrogante Hanseatendeutsch zu versinnbildlichen.

Er sich den Zeh, gar garstig stieß, fast gefallen wäre. Sich aber trickreich vor dem Sturz bewahrte und sich ein ausgestoßenes Auge ersparte. Da, direkt vor ihm eine Pferdewagenachse mit einem Nagel lag, unter dieser Achse lag der Lenker des Gespanns, dem die Pferde durchgegangen waren. Mit der Vorderachse und der Deichsel, was darauf schließen lässt, dass englischer Fahrzeugbau schon immer, ein Abenteuer war, vor allem das Lenken dieser Insel- Boliden.

Damals war Rolls Royce eben nicht mit BMW fusioniert, es gab ja beide gar nicht.

Der Kutscher sah recht mitgenommen aus. Im umgestürzten Wagen kauerte ein ältliches Fräulein, das nicht nur wegen der Cellulitis nicht mehr so ganz fit ist, sondern den einen oder anderen Knochen zeigte.

Im spitzen Winkel, ragte dieser aus dem Oberschenkel, was aber nicht der Schock für den Helden war, auch das Blut nicht.

Auf seinem Weg durchbohrte der Knochen den ansonsten makellos und hocherotisch wirkenden Seidenstrumpf. Gehalten, von einem in Spitze gewirkten Strumpfband.

Dessen Duft jeden Fetischisten aus dem Häuschen getragen hätte.

Der Anblick des ruinierten Fetischs könnte einem das Herz brechen. Auch das Gewimmer, das aus der weiblichen Strumpfband tragenden Hülle entwich. Herzerweichend konnte das Mitleid das man mit diesem perfekt, rundgenähten, von der Ferse bis zum Schenkel, mit einer Naht versehen Damenstrumpfes, nicht überbieten.

Schade um den Strumpf, aber die Dame hatte ja 2 Beine, wollen wir für Svenney hoffen, dass wenigstens der andere, Seidensocken diesen

Vipi Bork.

Unfall unbeschadet, ohne eine Laufmasche zu reißen, überstanden hat.

Ich will das jetzt nicht wissen, der Anblick des einen schmerzt bereits genug und da ansonsten bei Svenney nichts los ist, wende ich mich der Stadt Limmerick in der Grafschaft Limmerick zu.

237

15. ein weiterer Versuch, einen Limerick zu beschreiben.

Soweit die Werbung und darüber hinaus, wurde Limerick die erste Kulturstadt Irlands, was das Huntmuseum oder die Limerick Gallery of ART heute im 21 Jahrhundert bezeugen kann.

Limerick bietet ein faaaaaaantasitsches Kulturprogramm, Festivalprogramm von den bunten Feierlichkeiten des „St Patricks Day"...

Wer zum Honto, ist Sir Patrick???

Wenn man einem Iren diese Frage stellen würde, bekäme man die Antwort „Er war derjenige, der die Schlangen aus Irland vertrieben hat". Auch wenn diese Aussage schön klingt, ist die wahre Bedeutung weit weniger mystisch.

Gemeint sind keine echten Schlangen, sondern mehr die „ungläubigen" Druiden.

Patrick war ein Bischof und gilt als erster Missionar Irlands, der das Christentum einführte und so andere Glaubensrichtungen wie die weit verbreitete keltische Religion, deren Priester die Druiden waren, vertrieb. Von der katholischen Kirche wird er deshalb

als Heiliger verehrt, was ihm den Titel „Sankt"
einbrachte.

Tatsächlich war der Bischof Patrick, wenn
auch die meisten Iren davon ausgehen, gar
kein Ire, sondern Brite.

Sein Geburtsname war Meawyn Succat und
die Geschichte, wie es dazu kam, dass er
christlicher Missionar wurde, ist sogar
spektakulärer wie seine Missionsarbeit: Als er
klein war, wurde er von Piraten gekidnappt
und nach Irland verschleppt. Wo er es erst
sechs Jahre später schaffte, der
Gefangenschaft zu entkommen, und sich
nach diesem traumatischen Erlebnis der
christlichen Lehre widmete.

Anschließend reiste er als Priester 30 Jahre
lang durchs Land, gründete Schulen, Kirchen
und Klöster.

Während der Papst, welcher auch immer,
außer Urbi et Orbi, nichts zu erzählen hatte.
Der geneigte Leser mag dies nicht glauben,
doch so war es, so wahr ich hier aus der
Geschichte zitiere.

Für Iren ist der St. Patricks Day eher traurig
belegt, denn an diesem Tag sind sogar in
Irland, alle Pubs geschlossen!

Lasst diesen Satz kurz, wirken.

Sie sind geschlossen.

Zu.

Nicht auf.

Out of Order.

Closed.

Not available.

Soll ich weiter nach Beispielen, für diese Trostlosigkeit suchen??

Verdammt, es gibt nix zu saufen!

Dafür tragen die Iren am ST Patricks Day GRÜN, ja und alle, Warum?

Am St. Patrick's Day die Farbe Grün zu tragen, ist eher eine moderne Erscheinung. Die eigentliche Couleur des heiligen Patrick ist gar nicht wie das Gras, sondern blau. Ja wie die Iren eben so sind, die Grüne Insel mit Sir Irish Moos, mag es am liebsten Blau zu sein, dabei hatten die gar keinen König, mit cyanfarbenen Blut Oder???

Dennoch hat die Farbe Grün einen Bezug zu seiner Person, denn das dreiblättrige Kleeblatt ist ebenfalls ein Symbol des heiligen Patrick. Ein vierblätteriges zu suchen, das ihm mehr Glück gebracht hätte, dazu war er zu faul.

Mit ihm soll er den Menschen die Dreifaltigkeit (Vater, Sohn, Heiliger Geist) erklärt haben. Dreifaltig, das trifft doch eher auf den Papa den Opa und Uropa zu, nicht auf den Sohn, die hatten alle sicher mehr als 3 Falten.

Mütter und Omas haben Runzeln, denn es sind die Alten, die haben eben Falten, wie gut das es sich sogar reimt.

Doch erst seitdem der 17. März der Nationalfeiertag Irlands ist, nachdem sich Irland im 20. Jahrhundert die Unabhängigkeit erkämpft hatte, werden vermehrt die Farben Grün, Weiß und Orange getragen, um den Tag zu zelebrieren – es sind die Nationalfarben der Iren. Wie geschmackvoll!!!"

Wen, ...wen interessiert schon der irische Nationalfeiertag, außer den Iren?

Grün?

Wenn ich an Grün denke, sehe ich nur irre Dummschwätzer, kommunistisch ideologisiert, die alles inklusive sich selbst hassen. Laut den grünen Khmer, der heutigen Zeit, gibt es kein Volk, Rechte auch nicht, nur welche gegen die entschlossen vorgegangen werden muss.

An dieser Stelle schließe ich, hat was mit dem Blutdruck zu tun, ich hatte vor heute diese Erzählung auch abzuschließen.

Was hat das Ganze mit der Darstellung zu tun?

Ich habe diesen Tag schlicht mit dem Christopher Street Day verwechselt. Der seinen Ursprung ja eher in New York hatte. Glaube, ich habe zu lange und ausführlich vom Kaplan und Fitzgerald berichtet.

Damals war schwul sein, was es ist. Vorhanden, aber unter diversen Deckmänteln und so nicht für jeden penetrant zu ertragen.

Heute ist Schwulsein, eine Art Mode, nur wer schwul ist, IST! Zu den Ikonen zählen vergangene wie, Klaus Lagerfeld, der für mich immer aussah wie eine lesbische Spanierin. Auch die Tierbändiger in Las Vegas.

Ab den 1990ern war in der Musikszene alles schwul, das war damals eben IN.

Heute ist man Woke, aber gibt sich mit schwul/lesbisch sein nicht mehr zufrieden.

Grade in Deutschland, sollte alles am besten Trans sein, schrill und gruselig. Nicht mal 1% betrifft das überhaupt, aber jeder soll mitmachen. Sogar die ganz kleinen, ja die denken, das ist Fasching.

Doch ... ich habe St Patrick mit dem Christopher Street Day verwechselt, ja und jetzt habe ich kaum Lust, den Irrtum damit zu bezahlen, die Zeilen diesbezüglich zu löschen. Ich bin ja kein Autor, ich bin Erzähler und manchmal vertue ich mich. Ist das denn schlimm? Ich geb das alles nur weiter, statt es mir auszudenken. Dazu müsste man Phantasie haben.

Fakt ist, ich war 2 Wochen im Urlaub, in Irland, Schlangen habe ich gesehen, aber nur am Pub kurz vor 22 Uhr oder 10 PM. Wenn die Pubs traditionell wie in England, die Scherengitter an der Bar herablassen, Menschenschlangen habe ich ansonsten keine gesehen.

Also war dieser St. Patrick, erfolgreich mit den Schlangen. Geht man heute in eine Datenbank, der Information wegen, erfährt man über Limerick, in der Grafschaft Limmerick Folgendes.

„Limerick ist Irlands erste Kulturstadt. Entdecken Sie die vielfältige Kultur der Stadt zum Beispiel im Hunt Museum oder in der Limerick, City Gallery of Art, die im historischen Carnegie Building untergebracht ist. Außerdem bietet die Stadt ein fantastisches Festivalprogramm – von den bunten Feierlichkeiten zum St Patrick's Day bis zum jährlichen Richard Harris international Film Festival."

So steht es geschrieben und gilt für HEUTE, Richard Harris, ist nicht dirty Harry, sondern eher ein Sohn Limericks, aber das tut hier nichts zur Sache, da er erst gegen 1930 geboren werden wird.
Aaaaaaaaber, er war der prominenteste Bürger, der je in dieser Stadt gelebt hat, daher erwähne ich ihn, nur um diesen Ort nicht zu traurig wirken, zu lassen. In der Epoche, von der ich erzähle, bleibt Glanz und Glamour leider verborgen.

Limerick, was ist das????
Ein Limerick ist ein kurzes, in aller Regel scherzhaftes Gedicht in fünf Zeilen mit dem Reimschema aabba und einem (relativ) festen metrischen Schema. Das metrische System wird bis heute von der Insel ferngehalten ....

Hickory, dickory, dock!
The mouse ran up the clock.
The clock struck one –
The mouse ran down.
Hickory, dickory, dock!

In einem bestimmten Typ solcher Kinderreime fand sich das gemeine Volk wieder, aber erst nach 1820, was in unserer Erzählung, der meinen, völlig egal ist.

Trotzdem scheint Limmerick der Ort zu sein, wo diese naive Reimform entstand!!

Ansonsten war Limerick die Hauptstadt der einfältigen, wohlwollend gemeint, denn in Wahrheit hatte der Ort nicht einmal einen Dorfdeppen. Den so ziemlich alle Bürger waren bescheuert, was nicht übertrieben ist. Und weil es nicht weiter geht, mit unserem Helden, der auf dem Weg nach Limerick ist. Und auch der Aiden auf dem Weg ist, auf dem nichts passiert und dieses Buch keine Seiten mehr hat, der Lektor mich zu sich bestellt hat und weil es eben so ist, bleibt ein allerletztes Wort.

ENDE gut, alles Gut.

Der nächste Teil ist Band 2.

Die Festung der Huren.

EPILOG

Das war jetzt krass, mitten in der Erzählung das ENDE, aber ja mit dem Svenney ist Schluss für heut, keine Bange es gibt ja die ganze Serie.

Wie geht es weiter?
Bisher keinen einzigen Schlüssel, ein Held sieht anders aus.

Aber, ich habe da ja schon ein bisschen Vorsprung, es wird noch richtig wirr.

Der Lektor entpuppt sich als etwas ganz anderes, Svenney erobert den Weltraum.
Die Schlüssel, führen die wirklich zu einem Schatz?
Alles ändert sich, nichts bleibt, wie es grade an dieser stelle noch scheint.

Eine irische Insel, die der Druiden als magische Insel, übergestülpt über den Felsen Korsikas, vieles mehr, in den nächsten Bänden.

Folgend, die weiteren Publikationen.

Die Svenney O´Shea Reihe

Band 1 Der Lektor.

Neulich
Irgendwann im 17 Jahrhundert und ein paarmal
Übermorgen

Svenney O´Shea oder besser SOS (Gefahr)wenn
dieser Held kommt, ist alles zu spät.
Nur Bernadette seine Liebe, hat dieses „kommen"
noch nicht erlebt.

Helden in Strumpfhosen gab es schon aber Svenney, „to be on Top, ist sein Job" und sein unsag-
bares Glück verwickelt ihn in einen Mordan-
schlag, er erfährt dabei nicht nur das Geheimnis
von einem riesigen Schatz.
Mit einer eminenten Liebe zu sich selbst. Einem
Ego groß wie ein Planet und unglaublich wenig
Einfühlungsvermögen, bar jeglichen Talents,
außer dem Gespür für Fettnäpfe und völlig frei
von irgendwelchen Werten, Grips und Verstand,
schafft es unser Held sich über die Seiten zu
retten.
Denn dies ist keine Geschichte, es ist eine Erzählung und ich für mich bin jedes Mal, wie der Held
selbst überrascht, wie sich Dinge entwickeln.
Der Lektor, hat alle Mühe die Welt, in dieser

Erzählung, die so schrill und schräg, wie amüsant ist.
Mit all seinen Huren, Helden und obskuren Figuren, den Un aber auch glaubwürdigen Abenteuern, im Griff zu behalten, dass er gleich selbst zum Protagonisten wird und diese Erzählung aktiv beeinflusst.

Wer ist die Mama San, der Baader und Gorm?
Was ist der Ostiarius oder woraus besteht ein Gorg-On-Zolla Gesöff?
Finde es heraus.

Svenney O´Shea
SoS die wahren Abenteuer.
Band 2
Die Festung der Huren

Wie geht es weiter mit dem Helden, kommt er je an, was wird er in der Festung der Huren vorfinden?

Zuerst einmal führt ihn der Weg nach Limerick in der Grafschaft Limerick. Im blutigen Knochen, einem Wirtshaus in dem es so zugeht, wie der Name verspricht, erlebt er ein extra Delirium, aus dem er gerade mal so erwacht, beinahe wäre die Erzählung dort schon zu Ende gewesen.
Aber sein Hirn macht einen Neustart, ein Reboot vom feinsten.
Außerdem erzählt Father Keith etwas über die 13 Gebote auf 3 Steintafeln, die Moses direkt von Gott auf einem Berg erhalten hat.
Der unglückliche Aiden, trifft bei Father Keith ein. Alle drei treffen sich dann in der Feste der Huren, genauer bei der Mama San in Lola´s Pinte. In dem Ort Dun Bleice Don in Irland, was übersetzt tatsächlich Festung der Huren bedeutet.

Vorher aber erfahrt ihr, wie man einen guten Gorg-O-n Zolla braut, wie man Ziegen melkt und das es gar nicht so einfach ist.
Außerdem wie ein irisches Frühstück geschaffen ist, und ihr erlebt Bernadette in Rage und ganz heiß.
Ihr Kutscher der Ashton, mit dem Sie als junges Mädchen eine amouröse Zeit hatte, bringt sie auch heute noch überall hin, so zum Svenney, den Sie in Limerick überrascht.

Der Lektor kommt auch wieder vor und für euren

nächsten Spanienurlaub, lernt ihr in diesem Buch die übelsten Flüche, auf Spanisch, ganz der Lektor eben.

Ein alter blinder Schreinermeister, der alle Holzsorten am Geruch erkennt.

Türen die mitten auf der Straße stehen und durch die man nicht in einen anderen Raum gelangt, sondern durch den Kosmos aus Zeit.
Auch wenn man dann ganz woanders rauskommt.
Schwedische Möbelhäuser und natürlich Dun Bleisce Doon, die Festung der Huren, werden beschrieben.
Aber auch die Hauptdarsteller, wie die Mama San, der Ostarius, der Baader, Maria und der Eddie werden genaustens vorgestellt.
Normal ist von denen keiner, aber deswegen erzähle ich die Geschichte ja.

Lolas Pinte und ob unser Held es schafft im Band 2 dort anzukommen, ich habe so meine Zweifel, werdet ihr in Buch 2 ebenfalls erfahren.

SoS die wahren Abenteuer.
Band 3.
Auf Biegen und brechen.

In Band 3 der Reihe um den liebenswerten Tölpel
erreicht dieser endlich die Festung der Huren, der
erste Schlüssel und somit der nächste Schritt zum
großen Schatz ist greifbar nahe.
Was den Apfel Adams mit diversen alkoholischen
Getränken verbindet.
Und
Was Whisky von Whiskey unterscheidet.
Und
Wie es in Lolá´s Pinte so hergeht, was Svenney
der endlich angekommen ist, dort abzieht, wie die
Mädchen in Dun Bleisce Don so drauf sind,
erfahrt ihr in diesem Teil. Das ist nicht alles denn,
langsam löst sich das Rätsel um den Lektor.
ZZZ
Zusammenhänge - Zeitachsen - Zy- tronen
und
Die Biegeeinheiten die Bender, die das Rad des
Kosmos stabilisieren sollen.
Die aber von einer unbekannten Macht sabotiert
werden.
Das ganze bekannte Universum ist in Gefahr.
Die Zusammenhänge werden langsam klarer.

Die Universe One, die absolut größte Techno und
Rave Party, aller Welten
wird beschrieben.
Was Tappakopische Perque und Juristen
miteinander zu schaffen habe.
Türen, Port- All e und allerlei Gedöns.

Und
Svenney, der Aiden Father Keith,
die Mama San und ihre Girls
Kortex das Pferd und Duud, der Kater

Band 4 und 5

Svenney O Shea

Svenney O Shea
Die wahren Abenteuer.
Band 4

Die Insel der Druiden I und II

Die Insel der Druiden 1 und 2

Der erste Teil der Druideninsel der vierte Band aus der
Svenney O Shea Reihe. Nach Band I Der Lektor und
Band II die Festung der Huren und Band III auf biegen
und brechen, kommt: Band IV und V die Insel der
Druiden, gleich zwei Teile. Ich bin nur der Erzähler, die
Geschichte der Insel der Druiden, wurde zu umfang-
reich für nur ein Buch. Was aber genau ist die Insel der
Druiden? Es ist kompliziert, zum einen ist es die Insel
Anglesey westlich vor der Küste Irlands vorgelagert
und ist die wahre Insel keltischer Druiden. Durch
Magie und anderen Gründen, die ihr im Anschluss
erfahrt, hat Anglesey aber die gleichen Koordinaten
wie Korsika, die Insel im Mittelmeer. Quasi ist Anglesey auf Korsika drauf gestülpt, somit der magische Teil.
Auf der Insel befinden sich die nächsten beiden Schlüssel. Aber dort auftauchen und die Aufgaben lösen und
die Schlüssel zu nehmen, so einfach ist es nicht. Die
Elfen der Ailill befinden sich in einem Krieg mit den
Druiden, den Hexen und Zauberern. Gemeinsam
wollen alle magischen Gilden, dieser vermeintlichen

Bedrohung durch eine kollektive Beschwörung entgegenwirken. Nur dazu werden irische Kräuter und Runensteine benötigt, welche Svenney O Shea im Tausch für die beiden Schlüssel anbietet. Diese Heilpflanzen aber haben es in sich. Doch bevor diese Beschwörungszeremonie zum Höhepunkt kommt, indem alle high sind und was auch immer nur schief geht, muss erst das Buch der Ukapoden beschworen, Hexenbesen abgeschleppt, Fressorgien abgehalten und Missverständnisse geklärt werden. Parallel zur mittelalterlichen Erde passiert im Multiversum Unglaubliches, auf GlauKom I dem Planeten, auf den die Elfen der Ailill verbannt wurden. Der Lektor läuft zu seiner Bestform auf.

Yachtikon LOLA
Ein Yachtlexikon, für Chartergäste

Yachtikon, Yachtcharter.
LOLA Handbuch die Ostsee - unendliche Weiten. Wir
befinden uns in einer rauen Gegenwart. Dies sind die
Abenteuer der Crew auf Steg G. Viele Schritte entfernt
vom Parkplatz und sanitärem Luxus, endlose Kara-
wanen mit Wägelchen, bepackt mit Bier, Wein, Spirituosen und nutzlosem Zeug, die sogleich chartern
werden. Unbekannte Lebensformen aus dubiosen
Zivilisationen. Unsere Charterflotte dringt dabei in See-
gebiete vor, die nie ein Mensch zuvor gesehen hat.
Warnemünde Ortszeit 0800, an jedem Samstag in der
Saison. Die Soggsen kommen, mit Ihnen die Berliner,
die Bayern, Süddeutschen, Alpenländler aus 16 Bundes-
ländern dieser Bundesreplik, aus Kantonen, Skigebie-
ten und von ganz weit her. Bierbunker Gepäcks Slalom,
auf dem Steg harter Einsatz am Limit. Übergabe der
Schiffe, die Rücknahme am nächsten Wochenende,
alles wird erklärt. Dazwischen müssen die Yachten
gereinigt werden, repariert und so weiter. Manche
Seelsorge, viel Frust, Stress der normale Wahnsinn. Der
gemeine Chartergast betrachtet nicht alles, was am
Steg passiert. Er sieht nur, die Probleme die nicht in
der kurzen Zeit gelöst werden können, inmitten von
Rücknahme und erneuter Übergabe. Dieses Buch soll
vermitteln, zwischen den Erwartungen des Charter-
gastes und dem, was der Crew maximal zu richten
möglich ist. Es ist ein Blick hinter die Kulissen, einer
fiktiven Charterfirma LOLA Yachtcharter, alles frei
erfunden und Satire, reiner Nonsens, der aber auf 12
Jahren Erfahrung des Erzählers am Steg G beruht. Der
eine oder andere Leser wird vieles Wiedererkennen.
Vor allem die Hauptdarsteller der holländische Hüne,
den Erzähler Sven und last but the least Törn, den
Depp von Steg G.
Am Ende des Büchleins findet ihr ein Yachtikon, eine
alphabetisch geordnete Übersicht seemännischer

Begriffe, plus humorvolle Anmerkungen des Erzählers.
Wie z.B Chartern: die Erlaubnis, gegen Bezahlung von
mehreren hundert Euro pro Tag, ein fremdes Schiff von
Grund auf zu überholen, zu reparieren und sich am
Ende des Törns, von der Kaution zu verabschieden.
Neben viel Informationen sind es die Cartoons von
Vipy meiner Frau, die dieses Buch lesenswert machen.
Sie veranschaulichen Begriffe wie Back und Steuerbord.

Backbord   Steuerbord